노빈손 **조선 최고의 무역왕이** 되다

노빈손 조선 최고의 무역왕이 되다

초판 1쇄 펴냄 2010년 2월 10일
초판 8쇄 펴냄 2016년 8월 26일

지은이 김경주
일러스트 이우일
펴낸이 고영은 박미숙

펴낸곳 뜨인돌출판(주) ㅣ 출판등록 1994.10.11(제406-2011-000185호)
주소 10881 경기도 파주시 회동길 337-9
홈페이지 www.ddstone.com ㅣ 노빈손 www.nobinson.com
대표전화 02-337-5252 ㅣ 팩스 031-947-5868

ⓒ 2010 김경주, 이우일
'노빈손'은 뜨인돌출판(주)의 등록상표입니다.

ISBN 978-89-5807-275-1 03810
(CIP제어번호 : CIP2010001686)

어린이제품안전특별법에 의한 제품표시	
제조자명 뜨인돌 **제조국명** 대한민국 **사용연령** 10세 이상 어린이 청소년 제품	**전화번호** 02-337-5252 **주소** 경기도 파주시 회동길 337-9

노빈손 **조선 최고의 무역왕이 되다**

韓國史

김경주 지음 이우일 일러스트

뜨인돌

　몇 해 전, 우연히 알게 된 '거상'이라는 게임의 재미에 빠져 잠시 허우적거린 적이 있습니다. 하지만 늘 백전백패하곤 했는데, 게임의 법칙만 알 뿐 실상 경제와 경영에 관해선 거의 무지했기 때문이었습니다. 게임의 늪에서 잠시 빠져나와 조금 더 경제와 경영에 대한 상식을 챙길 겸 드라마 「상도」를 다시 보았습니다. 조선시대에도 경제생활은 오늘날만큼이나 치열하고 중요한 삶의 큰 부분이었다는 것을 새삼 느꼈습니다.

　앞으로 펼쳐질 이야기에서 철부지 게임 마니아 노빈손은 조선 후기 경제 성장의 격변기로 날아갑니다. 그곳에서 온갖 수난과 시련을 통해 몸으로 '경제 원리'를 체험합니다. 각 지역의 상인들을 만나고, 직접 장사를 해 봄으로써 이론이 아닌 실제 생활에서 벌어지는 경제 현상을 알아 가지요.

　땡전 한 푼 없이 조선 땅에 떨어져 생존하려고 애쓰는 노빈손의 파란만장 모험 이야기가 여러분을 기다리고 있습니다. 그 안에서 쉽고 재밌는 경제 이야기를 만나게 될 거예요. 상인으로서의 도(道)와 진정한 부유함의 의미 등도 함께 생각해 볼 수 있습니다.

　노빈손이 조선 최고의 무역왕으로 성장하는 과정을 지켜보면서,

여러분도 경제를 널리 보고 바르게 이해할 수 있는 눈을 만들어 갔으면 합니다.

이 책이 나오기까지 끙끙거리며 끝까지 제 손이 되어 도움을 주셨던 서주희 군에게 깊은 고마움을 바칩니다.

김경주

등장인물

노빈손 영문도 모른 채 조선 후기로 떨어지게 된 우리의 노빈손. 거상 임상옥을 만나 어쩌다 보니 의주상단에까지 들어가게 된다. 하지만 악덕 상인 한대박, 왕찡상의 음모로 인해 임상옥은 위험에 빠지게 되고, 노빈손은 임상옥을 구하기 위해 또다시 파란만장한 모험을 시작하는데…….

임상옥 조선시대 최고의 거상. 청나라를 상대로 인삼 무역을 했으며, 양반은 아니지만 재력가로서 노블레스 오블리주를 겸비한 인물. 그러나 예로부터 잘난 사람들에게는 시기하는 무리가 뒤따르니, 임상옥에게도 온갖 고난과 시련이 닥친다.

발품이 임상옥의 심복이자 전직 심마니로, 발품을 팔아 전국 방방곡곡을 돌아다니며 인삼의 시세를 조사한다. 노빈손과 티격태격하면서도 진한 우정을 나눈다. 늘 남자다운 척하지만, 마음이 여리고 은근히 소심하다. 그래도 임상옥에 대한 충성심 하나만큼은 따라올 자가 없다는 거!

한대박 만상을 상대로 중개무역을 하는 개성상인. 특기는 뇌물 수수와 온갖 악행. 무식한 게 콤플렉스라 유식하게 보이려 애쓰지만, 배운 게 없어 늘 틀린 말만 한다. 자신의 잘못을 지적하는 사람을 가장 싫어한다. 인삼 무역권을 얻기 위해 라이벌 임상옥을 함정에 빠뜨린다.

왕찡상　덩치만큼 욕심도 어마어마한 청나라 상인. 한대박이 인삼 무역권을 얻도록 도우면서 조선의 인삼을 죄다 확보하려 한다. 조선 상인들을 우습게 봤다간 큰코다칠 텐데?

우영이　발품이의 소꿉친구로, 부모의 빚 때문에 한대박의 집에 팔려가 몸종으로 일하게 된다. 갖은 고생을 하다가 발품이를 다시 만나 노빈손 일행을 돕는다.

김정희　어릴 적부터 화서의 신동으로 소문났던 조선의 문신. 탁월한 지적 능력만큼이나 정의감도 강하며 눈빛만으로도 강한 포스를 풍긴다. 임상옥과 절친한 사이로, 은밀한 거사를 위해 평양에 머문다.

김선달　후대에 수많은 일화를 남긴 조선 최고의 사기꾼. 머리가 비상하지만, 그 좋은 머리를 쉽게 돈 버는 데만 쓴다. 노빈손과 발품이를 속이려다 실패하고, 노빈손의 제안에 따라 한대박을 골탕 먹인다.

차례

프롤로그

"달무리가 졌구나."

보름달 주위의 희끄무레한 빛을 바라보며 남자는 읊조리듯 말했다. 그는 짚으로 엮은 챙이 작은 갓을 쓴 채 봇짐을 메고 있었다.

"내일은 비가 오겠네요?"

남자의 옆에 서 있던 소년이 말했다. 야무진 목소리였다. 소년의 등에도 작은 봇짐이 매달려 있었다. 그 아래 달려 있는 것은 여러 켤레의 짚신이었다.

"그래. 아무래도 함흥으로 가는 일은 비가 그친 후로 미뤄야겠다."

남자와 소년은 아무 말 없이 밤하늘을 올려다보았다. 들리는 것은 물소리와 풀벌레들의 울음소리뿐이었다. 바람이 불 때마다 압록강의 검푸른 수면에 비친 달그림자가 조금씩 흔들렸다.

남자는 몇 번인가 두 개의 달을 번갈아 바라보더니, 옷깃에 내려앉은 흙먼지를 툭툭 털어 내며 몸을 돌렸다.

"이제 그만 주막을 찾아 쉬도록 하자. 고된 하루였구나."

말끝에 한숨이 묻어 나왔다.

"그래도 정말 즐거웠어요. 전 장에 가는 게 제일 좋아요. 여기저기 쌓여 있는 음식이며 옷감, 재미있는 광대놀음도 구경할 수 있잖아요!"

소년은 신이 나서 말했다. 남자가 발걸음을 멈추고 그런 소년의 얼굴을 물끄러미 바라보았다.

"왜 그러세요, 아버지?"

소년은 고개를 갸웃했다.

"상옥아."

남자의 목소리는 나지막했지만, 이전과 달리 힘이 들어가 있었다.

"예, 아버지."

소년의 얼굴에도 살짝 긴장감이 돌았다. 두 사람은 마주 선 채 한동안 꼼짝하지 않았다.

한참 만에야 남자가 다시 입을 열었다.

"… 아비는 비록 일개 장돌뱅이에 불과하지만, 너는 이다음에 천하제일상이 되거라."

아버지의 단호한 말투에 소년은 얼른 대답을 하지 못했다. 천하제일상이라니, 쉽게 상상이 되지 않았다.

하지만 그것도 잠시, 소년은 곧 작은 두 주먹을 꼭 쥐며 외쳤다.

"예! 꼭 그렇게 될게요! 조선에서 제일가는 상인이 될 거예요!"

총기 어린 소년의 눈동자가 까맣게 빛났다.

게임의 고수 임대인

탁, 탁, 타닥! 타다다닥 —

컴퓨터 앞에 앉아 화려한 손놀림으로 키보드를 두드리고 있는 사람은 다름 아닌, 노.빈.손! 노빈손은 시간 가는 줄 모르고 온라인 게임 '상도'에 심취해 있었다.

방 안은 쓰레기장을 방불케 했다. 구석구석 아무렇게나 벗어 놓은 옷들이 널려 있는가 하면, 먹다 만 과자 봉지가 여기저기 굴러다녔다.

"너 그렇게 종일 게임만 할래?"

화가 난 엄마가 방문을 벌컥 열고 소리를 질렀지만, 노빈손은 엉덩이에 본드를 붙여 놓은 것처럼 꿈쩍도 하지 않았다.

"잠깐만요, 지금 이 고비만 넘기면 이길 수 있단 말이에요!"

"그 고비 넘기려다가 목구멍으로 밥 넘기기 힘들어지는 수가 있어. 10분 안에 튀어 나왓!"

노빈손은 움찔했다. 등 뒤로 엄마의 서슬 퍼런 기운이 느껴졌지만, 게임을 포기할 수는 없었다. 지나친 승부욕이 발동하고 있었던 것이다.

"질 수 없지. '상도'의 달인으로서 자존심이 걸려 있는데."

노빈손은 다짐하듯 중얼거렸다.

'상도'는 갖가지 상술을 바탕으로 상대방보다 먼저 거상이 되어

야 하는 게임이었다. 워낙 자신 있던 게임이라 처음엔 승리를 확신
했지만, 어찌된 일인지 상황은 노빈손에게 계속 불리해지는 느낌이
었다.

'흐음…, 이거 생각보다 쉽지 않은데?'

게임이 쉽게 풀리지 않자 노빈손은 침이 다 말랐다. 상대방은 만
만치 않은 고수인 듯했다.

벌써 세 시간째, 둘의 승부는 끝날 줄 몰랐다. 그야말로 박빙의
대결이었다.

상대편 아이디는 임대인. 그는 아이템을 축적해 부를 쌓고 지역
간의 시세 차이를 이용해 이윤을 남기는 능력이 탁월했다.

'뭘 빌렸기에 아이디가 임대인이야? 게임은 좀 하는걸? 하지만
나 역시 최근 엄청나게 갈고 닦은 고도의 전략이 있다고.'

노빈손은 회심의 미소를 띠었다. 이제 이기
는 건 시간문제나 다름없었다.

"…으어억!"

웃고 있던 노빈손의 얼굴이 갑자기 빨갛게
달아올랐다. 복부에서 위급한 신호를 보내왔
던 것이다.

"으으, 지긋지긋한 설사병! 하필 이 중요한
순간에!"

뱃속은 폭탄이라도 터진 것처럼 요동치고
있었다. 노빈손은 마우스를 놓지 않은 채 왼

상업의 의미

상업의 의미는 경제가 발전하면
서 변화해 왔다. 넓게는 상품을
생산해서 소비자에게 전하기까지
의 활동, 즉 생산 및 소비의 경로,
가격 조정, 배급 활동을 효율화하
기 위해 돕는 활동을 말한다. 또
한 생산 · 유통 · 소비라는 경제
순환의 과정을 일컫는다. 좁게는
물품을 사고파는 산업이자, 개인
이 이익을 얻기 위해 하는 경제
활동으로 본다.

손으로 배를 움켜쥐었다. 얼굴에서 땀이 비 오듯 흐르기 시작했다.

"안 돼……. 지금은 자리를 비울 수 없어……! 모아 놓은 아이템만 거래하고 나면 내가 이길 수 있단 말이야! 조… 조금만 참아 보자……. 으흑…… 헉!"

노빈손은 괄약근을 최대한 조이며 모니터에 뜬 '거래 확인'을 클릭했다. 상황은 역전되었고, 노빈손의 승리가 코앞으로 다가왔다. 하지만 기뻐할 수만은 없었다. 긴장을 풀었다간 대형사고가 터질 것만 같았다.

"돼, 됐다! 이제 화장실로……!"

노빈손은 승리의 함성도 지르지 못한 채, 배를 움켜쥐었다.

"빈손이, 너 정말 안 나올 거야?"

문밖에서 엄마가 날카롭게 외쳤다. 분노게이지가 오를 대로 오른 목소리였지만, 정신이 혼미한 노빈손에겐 꿈속에서 들려오는 것처럼 가물가물할 뿐이었다.

어찌나 참았는지, 노빈손의 얼굴색은 이제 빨갛다 못해 누렇게 떠 버린 상태였다. 노빈손은 조심조심 일어나 비틀거리며 걸음을 옮기기 시작했다.

"호오, 범상치 않은 친구로구면."

예상치 못한 패배를 당한 임대인은 노빈손의 실력에 감탄을 하고 있었다. 자신이 졌다는 사실에는 별로 개의치 않는 듯 보였다.

"이 정도 실력이라면……."

그는 무언가 결심한 듯 고개를 끄덕이더니, 노트북 자판 위로 손가락을 올려 게임의 단축키 '불러오기' 버튼을 눌렀다. 그러고는 조용히 의미심장한 미소를 지었다.

랩탑? 노트북?

노트북 컴퓨터의 원래 명칭은 랩탑 컴퓨터이다. 랩탑(Laptop)에서 Lap은 무릎을 뜻하는 것으로, 랩탑 컴퓨터란 무릎 위에 올려놓고 쓸 수 있는 컴퓨터를 말한다. 노트북이란 명칭은 일본 회사 도시바에서 처음 랩탑을 개발하면서 붙인 것이기에 사실은 특정한 상품명과 같다. 그것이 입에 오르내리면서 노트북이란 명칭이 친숙해진 것이다.

보부상 전용 마사지 숍

"여기 손님 두 부~운!"

"예, 예!"

간드러지는 주모의 콧소리에 노빈손이 부리나케 달려왔다. 주모가 가리키는 곳에는 뽀얀 흙먼지를 뒤집어쓴 한 남자가 서 있었다. 그는 커다란 지게를 메고 있었는데, 그 안엔 나무 그릇과 각종 생활용품이 가득했다.

"피곤하시죠? 자, 짐은 이쪽에 내려놓으시고~ 저쪽으로 앉으시면 됩니다요!"

조선시대 주막의 모습

주막은 주로 식당과 주점, 여관으로서의 기능을 했지만, 때로는 상업적 거래의 장소가 되기도 했다. 또한 각 지방의 소식과 문물을 교류하는 문화적 기능을 하기도 했다. 조선 후기 중심가에 있는 주막에서 차린 메뉴는 국밥이나 국수가 거의 전부였고, 술도 탁주가 주였다. 나그네가 타고 온 말을 나무에 묶어 두고 서둘러 국밥 한 그릇을 먹는 모습이 일상적인 주막의 풍경이었다.

"이 친구, 보기와 달리 참 싹싹하네그려!"

"그렇죠? 친화력 면에선 절 따라올 자가 없거든요. 사교성의 일인자라고나 할까요?"

노빈손이 온갖 수다를 떨며 손님을 안내하는 동안 주모는 뜨거운 물이 담긴 대야를 가져왔다.

"어이쿠, 시원하다! 쌓였던 피로가 확 풀리는 느낌이야!"

뜨거운 물에 두 발을 담근 채 노빈손에게 마사지를 받던 남자가 자기도 모르게 외쳤다.

그는 각 지역의 장터를 돌아다니며 물건을

사고파는 보부상이었다. 하도 걸어서인지 남자의 발은 퉁퉁 부르터 있었다.

하루 종일 무거운 짐을 진 채 걸어 다니는 보부상들의 고생은 말이 아니었다. 산적 떼를 만나 가진 돈이나 물건을 빼앗기는 경우도 부지기수라고 했다. 겨울엔 추위가 문제였다. 머물 곳을 찾지 못하고 이동을 하다가 동상에 걸릴 수도 있었다.

'정말 고달픈 직업이구나……'

다른 때 같으면 자신의 스펙터클한 모험담을 꺼내 잘난 척을 해 댔을 노빈손이지만, 이들 앞에서는 그런 말이 나오질 않았다. 퉁퉁 부은 발을 꺼내 놓고 바닥에 퍼질러 앉은 채 마사지 순서를 기다리는 보부상들의 피로 회복에 일조한다는 생각으로 노빈손은 성심성의껏 일했다.

"여기가요, 누르면 머리가 맑아지고 두통이 없어지는 곳이에요. 이렇게 발바닥 한가운데를 누르면 신장에 좋고요. 이쪽을 꾹꾹 주무르면 어깨 피로가 풀려요."

"자네, 의학 공부를 많이 했나 보구먼!"

"그, 그렇죠……. 제가 이 방면에 지식이 좀 많아요… 하하……."

노빈손은 뜨끔했지만 애써 웃었다. 사실 발의 지압점은 텔레비전 건강 프로그램을 보다가 알게 되었다. 그걸 보고 할아버지 발을 몇 번인가 주물러 드린 적이 있었는데, 여기서 써먹게 될 줄이야.

"아이고 거기, 거기가 아파. 천천히 해 주게. 근데 자넨 어디 출신인가? 머리 크기로 보아선 이 고향 사람의 풍모는 아닌 듯한데, 혹시 혼혈인가?"

"그게 참… 천지간을 다 떠돌다 보니 어쩌다 또 나그네처럼……."

노빈손은 손님의 발을 열심히 주무르며 한 달 전 겪었던 곤혹스런 일을 다시 떠올렸다.

 ## 그날의 사건

그날 노빈손은 분명 '상도' 게임을 마치고 바로 화장실로 달려가고 있었다. 그런데 아뿔싸, 항문이 풀어지면서 억눌렀던 욕구가 분출되는 최악의 사태가 발생하고 말았던 것이다. 그 순간 영혼이 안드로메다로 날아가는 것처럼 아득해지면서 정신을 잃었다. 거기까지는 기억이 났다. 하지만 눈을 떴을 때 노빈손이 누워 있던 곳은 방 안이 아니라 어느 강가였다.

'바로 씻을 수 있었기에 망정이지 똥을 지린 채 한양 시내 한복판에라도 떨어졌더라면……'

상상만 해도 끔찍했다.

목욕을 마치고 주위를 두리번거리던 노빈손은 자신이 조선시대에 왔음을 한눈에 알아챘다.

'한두 번 떨어져 본 것도 아니고, 척 보면 알지, 뭐.'

"아유~ 잘생긴 총각, 뭐 줄까? 국밥? 아니면 술이라도 한잔하실 라우?"

나루터에 있는 주막에 들어서자 긴 주걱턱을 한 주모가 입꼬리에 웃음을 달고 반기며 물었다.

"맛 좋은 한강물로 만든 뜨끈뜨끈한 국밥 한 그릇 주세요~! 밥은 곱빼기로 주는 거 잊지 마시고요!"

주모는 눈을 껌뻑거리며 노빈손을 쳐다봤다.

"그게 무슨 자다가 봉창 두드리는 소리래? 저기 있는 건 한강이 아니고 압록강인데?"

"에엣? 그럼 여긴 한양이 아니고 어디란 말 씀……?"

"어디긴 어디야~ 의주지."

"의…주…가 어디더라? 북한에 있는 도시 인 것 같은데……."

"아니, 조선 사람이 의주도 몰라? 총각, 제 정신 맞아? 생긴 것도 쉰 옥수수 같은데, 머 리도 살짝 상한 거 아닌가 몰라."

"에엣? 쉰 옥수수라뇨! 아깐 분명 잘생겼 다고 했잖아요!"

"아니, 그거야 며칠째 파리만 날리다가 손 님이 왔으니 빈말 좀 한 거고……. 아이고,

주막에도 급이 있다?

이용하는 사람에 따라 주막의 시 설에도 차이가 있었다. 양반이나 관리, 부유한 상인이 이용하는 곳 은 여러 칸의 가옥과 부엌이 설 치되었으며 마구간이 딸려 있었 다. 널찍한 마루와 평상은 물론이 고, 음식과 술도 이용자의 요구에 맞춰 다양하게 준비되었다. 지금 으로 말하자면 주차장이 겸비된 호텔이었던 셈. 반면에 일반 백성 이나 가난한 자들이 이용하는 주 막은 초가 두 칸이거나 비를 막 을 지붕에 노천 아궁이가 있는 정도.

내 정신 좀 봐. 국밥이라고 했지?"

주모는 황급히 부엌으로 가더니 김이 모락모락 오르는 국밥을 가져왔다.

생각지도 못한 지역에 떨어져 당황한 것도 잠시, 국밥을 보는 노빈손의 눈이 번쩍하고 빛났다. 속을 비워 낸 후라 식욕이 왕성하게 솟구쳤다.

"으악! 퉤…퉤! 이게 뭐야! 발로 끓여도 이거보단 낫겠다!"

그릇도 씹어 먹을 기세로 달려들던 노빈손은 금세 숟가락을 놓고 말았다. 주막 음식은 맛이 형편없었다.

"미각을 잃은 대장금도 이런 국밥은 안 먹을 거라구요! 이 주막엔 미래가 없어요. 다른 가게를 하시는 게 어때요?"

"뭐야! 이 총각이 말이면 단 줄 알아. 어디서 막말이야?"

"아주머니를 생각해서 드리는 말씀이에요. 음식 장사보다는 다른 게 나으실 것 같아요."

"뭐, 내가 요리 실력이 좀 달리긴 하지만, 딱히 먹는 장사말고 할 게 뭐 있어야지. 그리고 어차피 보부상 같은 뜨내기들이 많이 왔다 갔다 해서 한 번 먹고 다시 안 오더라도 남는 장사란 말이야. 아차, 마지막 말은 잊어."

"그게 언제까지 먹힐 것 같으세요? 짧게 보면 그렇겠지만, 길게 봐야죠. 가만, 보부상들이 많이 지나다니는 길목이라……. 아! 그거야, 그거! 난 천재라니까!"

그래서 시작한 것이 바로 지금의 발마사지 숍이었다.

'먼 미래에나 생겨날 발마사지 숍이 조선 시대에서도 인기를 끌 줄이야! 역시 내 예리

발 건강은 중요해

발에는 몸 전체 206개의 뼈 가운데 4분의 1에 해당하는 52개의 뼈가 몰려 있으며 38개의 근육이 그 운동을 담당하고 있다. 발에 무리가 가면 그 뼈와 연결되어 있는 몸의 뼈까지 이상이 생기는 것은 당연한 원리. 때문에 기본적으로 발이 편해야 몸도 건강하다. 매일같이 먼 길을 걸어 다니는 보부상들에겐 특히나 발 건강이 중요했겠지?

한 판단력은 알아줘야 한다니까!'

"총각! 왜 혼자 실실거려? 내 말 안 들려? 또 손님 오셨다니깐~!"

저쪽에서 주모가 앙칼진 목소리로 외쳤다.

"알았어요, 알았어! 잠시도 사색할 틈을 안 주시네."

 ## 악연의 시작

노빈손의 발마사지 숍을 찾아오는 손님은 점점 더 늘어만 갔다. 전국 방방곡곡을 누비는 보부상들에 의해 입소문이 나면서 유명세를 타게 된 것이다. 이젠 보부상뿐 아니라 지체 높은 양반들도 몰래 찾아올 정도였다.

"으아아… 힘들어서 더 이상 못해 먹겠다! 휴일도 없이 이러는 건 엄연한 노동 착취예요! 전 동업자가 아니라 완전 아줌마 몸종이라구요!"

"뭐야? 돈 좀 벌기 시작하는데 벌써부터 이러면 어떡해?"

주모가 도끼눈을 하며 다그쳤지만, 노빈손은 배 째라는 식으로 평상 위에 벌렁 드러누워 일어날 줄을 몰랐다. 그렇게 실랑이를 벌이고 있는데 문밖에서 누군가 헛기침을 해 댔다.

"이리 오너라~! 거기 누구 없느냐?"

작은 키에 째진 눈, 복어처럼 빵빵한 두 볼. 전형적인 악역 캐릭

터처럼 생긴 남자였다. 남자는 뒷짐을 진 채 딴 곳을 보며 이리 오너라만 외쳐 댔다. 그 옆엔 하마처럼 살이 찐 청나라 사람이 뚱하게 서 있었다.

주모는 두 사람을 보자마자 쌩하니 달려 나갔다.

"오호호호. 한대박 어르신, 이런 누추한 곳까지 어쩐 일이십니까요?"

"소문 듣고 왔네. 여기 왕찡상이라고 귀한 손님이 오셨으니 특별히 신경 쓰게!"

"네, 네~ 그러면입쇼, 특별히 모셔야지요!"

왕찡상은 거만한 표정으로 눈을 내리뜨고 있었다.

"거기 주꾸미같이 생긴 녀석! 뭘 멍하니 있는 거야? 어서 왕 대인을 뫼시지 않고!"

한대박이 냅다 소리를 질렀다.

"아이고, 깜짝이야! 갑니다요, 가. 기차 화통을 삶아 드셨나, 왜 그렇게 목청이 크세요? 고막 터지는 줄 알았네."

"뭐… 뭣? 기차 화통? 새로 나온 사자성어인가?"

"푸하핫. 사자성어라니요! 그게 나름 의주에서 유행하는 개그인가 보죠?"

우물쭈물하는 한대박을 보며 노빈손은 배꼽을 잡고 웃었다.

사농공상

조선시대에는 사농공상(士農工商)이라 하여 학문을 닦는 선비를 가장 높게 대우했고, 그다음으로는 농사를 짓는 농민들을 대우했다. 물건을 만드는 공인에 이어, 상인은 천민을 제외하고는 가장 천대받는 계층이었다. 이익을 추구하는 것 자체가 유교 국가인 조선에서 좋게 보였을 리 없었고, 한군데 정착해서 농사를 짓는 이들보다 세금이나 여러 가지 면에서 통제하기 어려웠던 이유도 있다.

"시, 시끄러! 그… 그보다……."

벌겋게 달아오른 얼굴로 노발대발하던 한대박은 왕찡상 몰래 조용히 노빈손에게 말했다.

"나는 엄지발가락만 받을란다. 딱 고만큼만 주물러. 돈도 그만큼만 내겠다."

"그런 게 어딨어요! 맛소금보다 더 짠 아저씨네."

"난 돈 아끼고, 너도 힘이 덜 드니까 좋지, 뭘. 누이 좋고 형부 좋고, 도랑 치고 가자미 잡는 격 아니겠냐?"

"말은 똑바로 하셔야죠. 형부가 아니라 매부거든요? 가자미가 아니라 가재고요."

"뭣이? 주… 주꾸미같이 생긴 주제에 잘난 척은! 나는 내 말에 딴죽 거는 놈들이 제일 싫다! 명심해!"

자기가 잘못 말해 놓고 길길이 날뛰는 한대박도 황당했지만, 왕찡상의 발을 본 순간, 노빈손은 할 말을 잃었다.

'조… 족발이다! 그것도 한 5인분은 되겠어!'

발바닥에 살이 어찌나 두툼한지 지압을 아무리 해도 소용이 없을 것 같았다.

울고 싶은 노빈손의 기분을 아는지 모르는지 왕찡상은 눈을 감고 앉아 점잔만 빼고 있었다.

"준비는 잘되나해~? 잘못되면 큰일난다해~."

"여부가 있겠습니까? 왕 대인에게도 그렇지만, 저한테도 큰 이득이 되는 일이니, 치밀하게 준비하고 있습지요."

한대박은 비굴하게 웃으며 왕찡상에게 아부하기 바빴다.

"띵호, 띵호! 좋다해~. 잘되면 내 한 턱 말고 두 턱 낸다해~."

둘은 범죄라도 모의하는 것처럼 기분 나쁘게 킥킥거렸다.

노빈손은 두 사람에게서 이상한 기운을 느꼈다.

'이거 좀 꺼림칙한데? 내 섬세한 감각이 깨어나고 있어. 뭔가 수상한 냄새가 나. 수상한 냄… 어라? 정말 무슨 냄새가……?'

노빈손은 왕찡상의 발을 주무르다 말고 코를 벌름거렸다. 퀴퀴한 냄새의 근원지는 바로 한대박의 발이었다.

'커어억~! 사람의 발에서 이렇게 독한 냄새가!'

재빨리 두 손가락으로 콧구멍을 막았지만, 손가락이 막지 못한 빈 공간으로 스멀스멀 냄새는 파고들었다. 냄새가 어찌나 지독한지 정신을 차릴 수가 없었다.

감옥에서의 인연

"죄송하지만요, 지금 단체 손님 안 받아요! 마사지는커녕 서 있을 기력도 없어서 오늘은 일찍 문 닫을 거예요."

주막으로 한 무리의 사람들이 들어오자 노빈손은 손을 내저었다.

"희한하게 생긴 걸 보니 저놈이 맞다! 여봐라! 저 죄인을 당장 잡아라!"

무리를 이끌고 들어온 남자가 쩌렁쩌렁하게 외쳤다. 군졸들을 데려 온 군관이었던 것이다.

엥? 죄인? 그게 무슨 말이야?

군졸들이 거침없이 달려가 노빈손을 포박했다. 어찌나 몸놀림이 빠른지 뭐라 말할 틈도 없었다.

"아이고오~ 내 신세야! 마른하늘에 날벼락도 유분수지! 엄마! 말숙아아~!"

관아로 끌려가 감옥에 갇힌 노빈손은 목이 쉬도록 울부짖었다.

"남자 망신 다 시키고 있구만."

한쪽에 양반다리를 하고 앉아 있던 사내가 혀를 끌끌 찼다.

"자고로 사나이는 평생 딱 세 번 우는 법이거든. 태어날 때, 부모님 돌아가실 때, 그리고 나라가 망했을 때. 하긴……."

그는 말을 하다 말고 설레설레 고개를 옆으로 저었다.

"고작 풍기문란 죄로 들어온 녀석한테 남자다움에 대해 가르쳐 봤자 내 입만 아프지."

"뭐야? 그럼 넌 독립운동이라도 하다가 감옥에 왔나?"

노빈손이 발끈하건 말건 사내는 불쑥 손을 내밀었다.

"그리 좋은 곳은 아니지만 이렇게 만난 것도 인연은 인연인데 통성명이나 하지. 비슷한 또래로 보이니까 말 놓을게. 난 발품이라고 해."

뻔뻔하기가 노빈손 저리 가라였다. 쿨한 그의 악수 신청에 노빈손의 거친 태도도 살짝 수그러들었다.

"…난 노빈손이야. 그런데 내가 풍기문란 죄라고?"

"네가 이 사람 저 사람의 발을 마구 주물럭 댔다던데."

"주물럭대다니! 이 한 몸 희생해서 사람들의 피로를 풀어 줬는데, 그게 죄란 말이야?

신체발부수지부모

조선시대 사람들은 신체발부수지부모(身體髮膚受之父母)라 하여 머리카락 한 터럭도 함부로 자르지 않았다. 내 몸과 피부와 머리털은 부모님이 주신 것이므로, 소중하게 아끼고 지켜야 한다고 여겼다. 이 말은 『효경』의 첫 장인 「개종명의」에 나오며, 뒷 구절인 불감훼상효지시야(不敢毁傷孝之始也)와 연결되어 부모에게서 받은 몸을 손상시키지 않는 것이 효도의 시작이라는 뜻으로 통한다.

난 과학적인 원리에 근거해서 발마사지를 해 준 것뿐이라고!"

"그거나, 그거나! 신체발부는 수지부모라 했는데, 그런 소중한 몸을 네가 뭔데 막 만져 대냐? 보아하니 전문가도 아닌 것 같은데, 행여 잘못되면 어쩌려구!"

"지금 이 노빈손을 무시하는 거야? 관두자, 관둬."

노빈손은 주먹으로 자기 가슴을 콩콩 때려 댔다.

"그나저나 여기서 어떻게 나가야 하지?"

"경범죄니까 보석금을 내면 풀려날 수 있을 거야. 태형으로 엉덩이가 너덜너덜해지기 전에 어서 나가는 게 좋을 거다."

헉. 너덜너덜? 듣기만 해도 끔찍했다. 하지만 그동안 모은 돈은 다 압수당한 상태라 보석금을 마련할 방법이 없었다.

"뭐, 사나이답게 몸으로 죗값을 치르는 것도 괜찮은 방법이겠지."

발품이는 사색이 된 노빈손의 어깨를 탁탁 두드리며 약 올리듯 말했다.

"넌 보석금 구했어?"

"나야, 뭐. 매를 견디고 싶었지만, 우리 대방 어르신께서 굳이 꺼내 주신다니 말이야."

"너, 잘사는 집 몸종이라도 되나 보구나? 경박해 보이는 외모하며, 딱이네. 내 말이 맞지?"

"뭐? 몸종? 경박? 얘가 멍게같이 생긴 입으로 잘도 주절거리네? 나는 발품을 팔며 전

조선시대에도 보석 제도가?

조선시대에도 죄인이 일정한 보석금을 내면 석방을 해 주는 제도가 있었다. 세종 때의 보석금 규정에 따르면, 태형 10대는 쌀 2말 5되가량, 장형 1백 대는 쌀 2가마 5말가량을 내면 매를 맞지 않고도 풀려날 수 있었다. 하지만 일반 백성들은 보석금을 낼 능력이 없어 정해진 형을 받는 경우가 대부분이었다.

국의 인삼 시세를 조사하러 다니는 중요한 임무를 맡고 있다구! 게다가 조선 팔도의 산이란 산은 죄다 탔던 전직 심마니였다, 이 말씀이야!"

"심마니? 에이… 피죽도 못 먹은 것처럼 생겨 갖고는 무슨 산삼을 캐러 다녔다고."

심드렁한 노빈손의 반응에 발품이는 길길이 날뛰었다.

"원래 이렇게 마른 것처럼 보이는 몸이 날렵한 법. 내가 전성기 때는 말이지, 백두산부터 한라산까지, 한번 올라간 산에선 무조건 '심봤다'를 외쳤다고! 한번은 쌍산삼이라고 산삼 두 개가 딱 붙은 걸 찾아냈는데……."

발품이의 허무맹랑한 무용담은 끝도 없이 계속되었다.

"우아~ 너 정말 대단하구나!"

"뭐, 이쯤이야."

"…라고 할 줄 알았냐? 좀 더 맞장구쳐 주면 천지에서 수영했다는 말까지 나오겠다? 천연산삼은 북부산악지대 일부랑 태백산, 오대산, 지리산 일대에서 아주 드물게 발견될 뿐이야."

노빈손의 말에 발품이는 눈이 휘둥그레졌다.

"네…네가 그걸 어떻게 알아? 너도 심마니……?"

노빈손은 속으로 웃었다. 실은 할아버지께 선물로 들어온 산삼이 진품인지 아닌지 알아보기 위해 인터넷을 뒤지다가 알게 된 사실들이었다.

"그런 것쯤 상식이지. 나야말로 아마존부터 미국 그랜드캐니언까지, 안 가 본 데가 없는 사람이거든."

"뭘… 캐……? 아무튼 내가 삼을 잘 찾았던 것만큼은 정말 사실이야. 맹세할 수도 있어."

발품이가 힘주어 말했지만, 노빈손은 일부러 별 반응을 하지 않았다.

"진짠데. 그건 정말 사람들도 다 인정하는 건데……."

발품이는 방금 전까지와 달리 기가 푹 죽어서는 구시렁거렸다.

"그래, 그래. 믿어 줄게. 너 정말 날렵하고 사나이다워 보여. 그래서 사나이 대 사나이로서 부탁하는 건데, 나도 여기서 좀 빼내 주면 안 될까? 보석금은 나가서 두 배로 갚을게."

노빈손은 발품이의 기를 세워 주는 척하면서 살살 구슬렸다.

"내 머릿속에 발마사지 버금가는 사업거리가 엄청 많이 들어 있걸랑. 한번 들어 봐."

쑥떡 꿈떡 쑥떡 꿈떡…….

노빈손의 아이디어를 들은 발품이는 감탄의 눈빛으로 노빈손을 쳐다보았다.

"이제 보니 너, 제법 흥정을 할 줄 아는구나? 알았어, 우리 대방어르신 심부름꾼이 오면 얘기해 볼게. 두 배로 갚는다는 약속 꼭 지켜야 된다!"

"걱정 마셔. 남아일언중천금이란 말도 몰라?"

"당연히 알지! 내 좌우명이야. 그런 말도 할 줄 알고……. 빈손이 너, 은근히 마음에 든다."

조선 후기 경제를 말한다

아, 아, 마이크 테스트…

마이크 잡고 있으니까 또 뭔가 팔고 싶어지네?

ㅋㅋ… 일종의 직업병?

안녕들 하신가? 난 임상옥이라네. 어허, 내 이름을 처음 들어 본다고? 지금으로 말하면 대기업 회장 정도의 재물을 가지고 있던 조선시대 최고 거상인 나를 모른다…… . 참, 쓸쓸하구먼! 뭐 지금부터 알면 되니까 서운해하지 않겠네. 앞으로 펼쳐질 내 훈훈한 모습에 반하는 건 내 책임이 아닐세.

일단 나의 활약상을 보이기 전에 내가 살던 조선 후기 1800년대의 상황부터 알아야 할 걸세.

조선은 원래 농업을 장려하는 농업 중심 사회였네. 백성의 대부분이 농사를 짓는 농민들이며, 자신이 농사지은 것들로 먹고사는 자급자족 사회였지. 조선 중기까지는 필요한 것이 있는 사람들끼리 서로 물건을 바꾸는 물물교환 거래를 많이 했고, 물건을 살 때도 돈이 아닌 쌀이나 옷감 등으로 계산을 했어.

하지만 조선 후기에 이르러서는 상황이 달라지기 시작했네. 여기서

부턴 내 밑에 있는 수석 연구원 발품이에게 마이
크를 넘기지.

네! 의주상단 경제 연구원 발품이 입니다. 제가 자세히
요목조목 조선 후기의 경제 상황을 알려 드립죠.

다양한 산업의 발전

농업, 수공업, 광업 등 다양한 산업이 발전해 상업의 발달로 이어졌
어요. 농업의 경우, 농사를 지을 수 있는 면적이 늘어나고 이앙법과 견
종법 같은 농업 기술이 널리 보급되면서 생산량이 크게 늘어났죠. 거두
어들이는 곡식과 농작물이 많아지자 농민들은 자신들이 먹을 만큼만
남겨 두고 나머지는 내다 팔기 시작했어요.

또한 장인들은 원래 관청에 소속되어 그곳에서 필요로 하는 물건만 만
들었는데, 조선 후기에는 주문받지 않은 물건을 만들어 일반 백성들에게
팔면서 상업에도 참여하게 되죠. 물건을 거래하는 데 화폐가 쓰이고 외
국과 무역을 하는 데 은이 사용되면서 자연히 광업도 발전했습니다.

상업의 발달과 상업 인구의 증가

일 년 동안 농사를 짓는 것보다 장사를 통해 남는 이익이 더 크다는
것을 알게 된 사람들은 본격적으로 상업에 뛰어들었습니다. 처음부터
농작물을 내다 팔기 위해 농사를 짓는 이들이 생겨난 거죠. 따라서 곡

식뿐 아니라 담배 등의 특용작물을 생산하고 판매하는 농민들이 많아졌습니다. 또한 전문적으로 물건을 떼다가 파는 일을 하는 상인들이 늘면서 그들이 묵고 갈 주막도 많이 생겨났어요.

전국적인 유통망 형성

각 고을마다 5일장 같은 정기 시장이 열렸어요. 물건을 가지고 다니며 장사를 하는 보부상들이 각 지역의 장을 돌아다녔고, 그에 따라 한 지역의 물건이 다른 지역에까지 흘러들어가 팔리게 되는 등 전국적인 유통망이 형성되었죠.

규모가 큰 상단과 지방 상인들의 출현

각 지역마다 특정한 상품을 취급하거나 무역에 종사하면서 큰 규모로 성장한 상인 집단(상단)들이 나타났습니다. 각 상단들은 철저한 체계와 고유의 상업 기술로 커다란 이득을 취했죠. 한양의 경강상인(강상), 개성의 송상, 의주의 만상, 평양의 유상, 동래의 내상이 그 이름을 떨쳤어요.

커다란 시장의 형성

정부의 보호 아래 장사를 했던 가게(시전)들이 점점 사라지고, 정부의 허가를 받지 않은 가게(난전)들이 늘어났습니다. 종로에는 시전이 늘어서 있었고, 난전들은 남대문 밖이나 동대문

부근에 모여들어 각각 '칠패'와 '이현'이라는 이름의 커다란 시장을 형성했죠. 그 외에도 고양의 누원점, 경기도 광주의 송파장 등이 조선 후기 큰 규모의 시장으로 유명했습니다.

무역의 발달

일본과 중국 청나라를 대상으로 하는 무역이 크게 발달했어요. 국내에서는 청나라와 가까운 의주, 일본과 가까운 동래에서 외국 상인들과 거래가 이루어졌죠. 원래 무역은 상인들이 마음대로 할 수 없는 것이었습니다. 사신들이나 역관(통역을 맡아보는 관리)들이 나라를 오가며 물건을 거래하는 정도가 전부였어요. 하지만 조선 후기에 이르러 정부의 통제를 받지 않고 상인들은 저마다 자유롭게 무역을 했죠.

이렇듯 조선 후기에 여러 가지 이유로 상업이 활발해지고 경제도 성장했지만 그에 따른 폐단도 생겼어요. 돈을 잘 버는 사람과 못 버는 사람 사이의 빈부 격차가 커지면서 사회적인 문제가 심각해졌죠.

특히 농민의 경우 상업적인 농업으로 부를 축적한 이들은 그 숫자가 매우 적었고, 대부분은 가난에 허덕여 고리대금업의 희생양이 되거나 천민으로 전락했습니다. 갈수록 더해 가던 부익부 빈익빈 현상의 비극은 실로 가슴 아픈 일이 아닐 수 없습니다.

이상! 의주상단 수석 연구원 발품이였습니다.

거상을 만나다

감옥에서 풀려난 노빈손은 발품이를 따라 낯선 길을 걸었다.

"그런데 그 어르신이란 분이 내 사업거리를 마음에 들어 하실까?"

보석금을 빌리기 위해 횡설수설 쏟아 놓긴 했지만, 노빈손은 슬그머니 걱정이 되기 시작했다. 사업 애길 했는데도 자금을 빌려 주지 않으면 어쩌나, 그러면 보석금은 어떻게 갚아야 하나, 정말 막막했다.

'이래서 엄마가 돈은 함부로 빌리는 게 아니라고 하셨구나. 흑…그냥 몸으로 때울걸……'

발품이는 노빈손과 달리 속 편한 표정이었다.

"괜찮아. 네 얘길 들으면 분명 재밌어 하실 거야. 우리 대방 어르신은 늘 다른 사람이 생각하지 못하는 일을 하시거든. 정말 대단한 분이시지."

대단한 분이시라고? 노빈손은 발품이에게 그분의 이름을 물었다. 혹시 위인전에서 봤을지도 모르니깐.

"몰라서 물어? 임, 상자, 옥자. 의주 땅에서

임상옥은 누굴까?

정조 때부터 상업에 종사하여 순조 시대에 최고 무역상이 된 임상옥(1779~1855년)은 최초로 국경지대에서 인삼 무역권을 독점했으며, 천재적인 상업 수완을 발휘했던 인물이다. 청나라 상인의 불매동맹을 교묘하게 깨뜨리고 원가의 수십 배에 팔았으며, 그 돈으로 굶주리는 백성 및 수재민을 구제했다. 임상옥에게 붙는 '대인'이란 호칭은 지위가 높은 사람에게 예의를 갖춰 부르는 말이다.

우리 어르신 모르면 오랑캐 취급 받아!"

허걱! 뭐라고라고라?

입이 쩍 벌어졌다.

임상옥이라면, 드라마에서 봤던 조선 최고의 거상이자 인삼왕으로 불렸던? 내가 지금 그분을 만나러 가는 중이란 말야?

"자, 다 왔어. 바로 저기야."

발품이가 가리키는 곳엔 으리으리한 대문과 높다란 담이 있었다.

문을 열고 들어가자 멋스럽게 꾸며진 정원이 가장 먼저 눈에 들어왔다. 웬만한 집보다 더 큰 창고는 집안의 살림 규모가 얼마나 대단한지 짐작케 했다.

"히야! 고래등 같은 집이라는 게 이런 걸 말하는 거구나! 경복궁 저리 가라네!"

"거참, 촌스럽긴. 입 좀 닫아. 침 떨어질라."

입을 떡 벌린 노빈손을 보며 발품이는 자랑스러운 듯 어깨를 으쓱했다.

한참을 걸어서야 둘은 사랑채 앞에 도착했다. 사랑채 주위는 쥐죽은 듯 고요했다.

"대방 어르신, 소인 발품이 인사 여쭈옵니다."

방 안에서는 아무런 대답이 없었다. 기다리는 것이 지루해질 즈음에야 인기척이 났다.

"어험! 그래. 들어오너라."

노빈손은 조심스레 방 안으로 들어가 발품이가 하는 대로 공손히 무릎을 꿇고 앉았다.

　방 안은 생각보다 단출했다. 구석에 있는 사방탁자 위로 책 몇 권과 매끄러운 백자 한 병이 놓여 있을 뿐이었다. 중년쯤 되어 보이는 한 남자가 반쯤 쳐진 병풍 뒤에서 등을 보인 채 무엇인가에 열중하고 있었다.

　탁탁탁탁~ 피슝~.

　'어라? 이거 익숙한 소리인데?'

　노빈손이 고개를 갸웃거리는 동안 남자는 몇 번인가 깊은 한숨을 몰아쉬더니 병풍 밖으로 그 모습을 드러냈다. 약간 피곤해 보였지만 눈동자만큼은 빛이 났고, 입 끝의 모양새가 매우 야무졌다. 인자하면서도 엄해 보이는 인상의 소유자였다.

　그는 다름 아닌 조선 후기 전국의 상권을 주름 잡던 거상, 임상옥이었다.

임대인의 정체

　"고생이 많았느니라. 다음부터는 아무데서나 공짜로 먹고 자는 추태는 보이지 말도록 하여라."

　"면목 없습니다, 어르신. 시세 조시를 위해 이곳저곳 돌아다니다 산적을 만나 가진 돈을 전부 빼앗기는 바람에……."

발품이는 머리가 땅에 닿도록 고개를 조아렸다.

뭐야. 무전취식으로 감옥에 갇혔으면서 날 그렇게 놀렸던 거야?

노빈손은 발품이를 노려보았다. 발품이는 애써 그 시선을 피하며 딴청을 부렸다.

"그건 그렇고, 네가 감옥에서 만났다는 사람이 이 청년인 것이냐? 내게 돈을 빌려 장사를 해서 보석금을 갚겠다고?"

"그러하옵니다. 그것도 그렇지만, 상단에 도움이 될 인재인 것 같기도 하여 이렇게 데리고 왔습니다."

임상옥은 신중한 눈빛으로 노빈손을 쳐다보았다. 어려운 게 없는 노빈손이었지만, 그 부드러운 눈빛에 오히려 기가 죽었다.

"그래. 네놈은 이름이 무엇이냐?"

"빈손인데요."

모기만 한 목소리가 나왔다.

"빈손이라고? 처음 찾아오는 집에 빈손으로 온 게 무슨 자랑이라고. 고얀!"

"그게 아니라… 제 이름이 빈손이라고요. 노, 빈, 손!"

"이름이 빈손이라니……. 그것 참 빈티 나는 이름이로구먼. 돈 벌긴 글른 팔자겠어. 쯧쯧."

아니, 이 아저씨가! 흥분한 노빈손은 저도 모르게 소리를 빽 질렀다.

뿅- 뿅-

뭐? 빈손? 무슨 이름이 그리 장사하다 말아 먹을 것 같냐?

발품아, 쟤 내보내고 소금 뿌려라~.

"노씨 집안의 둘도 없는 삼대독자이자 시대를 주름잡는 인기남한테 빈티라니요!"

"허허, 그놈 참. 삼대독자 이름을 그렇게 천하게 지었을 리가 없는데……. 가만 있자, 어디서 많이 들어 본 이름 같기도 하고……."

실컷 놀려 놓고 뭐라는 거야? 노빈손은 입을 삐죽거렸다.

"네놈이 혹시……?"

노빈손을 보는 임상옥의 눈빛이 한순간에 변했다. 그러더니 허둥지둥 일어서 병풍을 걷어 내기 시작했다. 병풍 뒤에는 작은 탁자가 하나 있었다.

임상옥은 탁자 위에 놓인 물건을 가리키며 노빈손에게 물었다.

"이게 뭔지 알겠느냐?"

"뭐긴 뭐예요, 노트북이잖아요. 다 아는 걸 왜 물어보시고 그러세요… 에엑!"

무심코 말을 하던 노빈손은 두 주먹으로 눈을 비벼 댔다.

이게 꿈이야, 생시야? 조선 의주 땅에 웬 노트북?

"뭐라? 놋북? 요즘은 놋으로 그릇 말고 북도 만든다더냐?"

"놋북이 아니라 노트북이라는 거예요. 근데 그걸 대체 어디서 구하셨어요?"

"그러니까 그게……"

임상옥의 말에 따르면 노트북은 서역의 한 부유한 상인에게서 구입한 것이었다. 그 상인은 무역을 위해 조선으로 오던 중 요상한 물건 하나가 하늘에서 떨어졌다며 그것을 주워 와 임상옥에게 보여 주었다. 임상옥은 태어나서 처음 보는 물건에 홀려 재산의 삼 분의 일을 뚝 잘라 주고 거래를 했던 것이다.

"내 한동안 이 신천지에 빠져 일을 등한시하고 말았다. 물건을 사고팔아 이문을 남기면서 다른 상인과 경쟁하는 놀이였는데, 얼마나 재미있던지. 하루는 몇 시간이고 대결을 했는데도 승부가 나지 않는 것이야."

'상도' 게임을 말하는 건가? 이거 뭔가 아귀가 척척 맞는 느낌인데…….

바보야. 말이 되려면 이 책에서 너부터 빠져야 해!

앗! 저건 노트북? 말도 안 돼! 조선시대에 노트북이 있다니!

불길한 예감이 온몸을 휘감았다.

"고얀… 결국은 내가 지고 말았다. 상대가 어찌나 영민하던지 탐이 다 나더구나. 요즘 상황이 좋지 않은 우리 상단에 이런 인재를 쓰면 어떨까 싶어 불러오기로 했는데, 그게 바로……."

아무 소리도 들리지 않았다. 임대인이란 사람과 게임을 한 후 급작스레 발생했던 괄약근 해제 사건이 생생하게 떠올랐다.

그때, 노트북 왼쪽에 붙어 있는 포스트잇이 눈에 들어왔다. 아니나 다를까, 거기엔 삐뚤빼뚤한 글씨로 이렇게 적혀 있었다.

아래에 있는 불러오기 단추를 누르면 상대편 놀이꾼을 불러올 수 있음.

맙소사! 그럼 그날 나를 조선시대로 불러들인 사람이 임상옥 아저씨란 말이야?

 ## 의주상단에 들어가다

"휴…, 몸과 마음이 한결 가볍네. 집이 어찌나 큰지 하마터면 마당에서 바지를 내릴 뻔했지 뭐예요. 제가 장이 좀 예민해서… 하하."

한 상 해치우고 화장실에 다녀온 노빈손은 넉살좋게 웃었다.

임상옥은 문갑에서 무언가를 꺼내 노빈손 앞에 내밀었다. 작은 비단 뭉치였다.

"천성적으로 장이 약하다면 체질을 바꿔야지. 배가 차고 자주 설사를 일으키는 데에는 삼이 도움이 된다. 들어는 봤겠지?"

"그럼요! 오장육부의 기를 보충하는 데 삼이 최고잖아요. 구토나 딸꾹질을 멈추게 하고 눈도 밝게 하고 피로 회복, 노화방지에도 효과가 있구요."

옆에 앉은 발품이가 깜짝 놀라 노빈손을 쳐다보았다. 임상옥이 기특하다는 듯 물었다.

"오호! 혹시 『동의보감』을 읽어 본 것이냐? 네 녀석이 생긴 것과 달리 문자를 좀 공부했나 보구나."

"그냥 주워들은 걸 얘기했을 뿐인데, 쑥스럽네요."

"그렇다면 이것에 대해서도 물론 알고 있겠지?"

임상옥은 비단 뭉치를 조심스레 열었다. 그 안에는 누가 봐도 최상품임을 알 수 있는 홍삼 몇 뿌리가 들어 있었다.

"홍삼이네요. 인삼의 부작용도 줄이고 오래 보관할 수 있도록 한 거잖아요. 그쯤은 상식이죠."

"그래, 맞다. 요즘은 홍삼을 약재가 아닌 식품으로도 먹고 싶어 하는 양반들이 있다. 그런데 그냥 먹기엔 쓴맛이 강하니, 원. 부인

홍삼의 제조

주로 백삼(햇볕에 말린 인삼)을 만들어 팔다가 홍삼(생 인삼을 쪄서 말린 것)을 만들게 된 것은 조선 후기 청나라와 인삼 무역을 본격적으로 하면서부터이다. 기름기 있는 음식을 많이 먹는 청나라 사람들에게는 백삼이 체질상 맞지 않아 위통을 일으키게 한다는 소문이 돌았다. 그러한 오해를 없애기 위해 조선 상인들은 백삼보다 덜 자극적인 홍삼을 만들어 팔게 되었고, 홍삼은 백삼보다 훨씬 인기가 좋았다.

네들과 아이들도 잘 먹을 수 있도록 할 방법이 없을까, 내 그걸 고민 중이니라."

임상옥의 표정이 처음과 달리 사뭇 진지했다.

"그거야 뭐, 환이나 사탕으로 만들어도 좋고, 홍삼절편으로 먹어도 되는데? …켁! 왜 이러세요!"

임상옥은 노빈손을 와락 끌어안았다. 노빈손이 벗어나려고 발버둥쳤지만, 그는 아랑곳하지 않았다.

"고얀 놈, 영특하구나! 그렇게 단박에 생각을 해 내다니! 상단 회의 때 이야기해 당장 개발에 들어가야겠다!"

"그건 이미 현대에선 다 만들어 팔고 있는 건데……."

노빈손은 좀 멋쩍었지만 임상옥의 말에 우쭐해져서는 신나게 떠들어 댔다.

인삼의 사포닌 성분

인삼에 들어 있는 성분인 사포닌은 일반 사포닌과는 다른 화학 구조를 가진 '다마렌' 계통 사포닌으로 인삼에서 처음으로 발견된 것이라고 한다. 이 약효가 인체에 어떻게 반응하여 효과를 나타내고 있는지는 아직 정확하게 밝혀진 것은 아니지만, 인삼의 사포닌은 피로 회복과 면역력 증가, 기억력 강화 등에 도움이 된다고 알려져 있다.

"만들고 나면 사람들에게 조금씩 나눠 줘서 시식을 하게 하세요. 신제품이라 익숙하지 않을 테니까요. 우선은 상품에 대한 인지도를 높여야 하거든요."

"그 귀한 걸 아깝게 왜 나눠 줘?"

금세 임상옥의 마음을 사로잡은 노빈손에게 질투를 느낀 발품이가 끼어들어 핀잔을 주었다.

"모르시는 말씀! 그렇게 해야 사람들이 어떤 부분을 좋아하고, 안 좋아하는지 미리 알아볼 수 있거든. 처음엔 아까워도 투자를 하면 나중엔 큰돈을 벌 수 있다구. 너 보기보다 배포가 작구나?"

"그런 거 아니야~. 난 다만 낭비를 싫어해서……. 정말이야. 너, 내 말 믿지?"

발품이는 몇 번인가 변명을 하다가 구차하게 느껴졌는지 입을 꾹 다물었다.

아무 말 없이 이야기를 듣고 있던 임상옥은 노빈손이 한 말을 중얼중얼 따라하는 듯하더니 문밖을 향해 다급히 외쳤다.

47

"밖에 누구 없느냐? 화선지랑 붓 좀 가져 오너라."

"갑자기 그건 뭐하시게요?"

"네놈 말을 듣다 보니 받아 적어야 할 것 같구나. 장사 수완이 보통이 아니로고! 다시 한 번 천천히 말해 보거라."

한낱 젊은이가 하는 말이었지만, 임상옥은 배우는 사람의 태도로 빠짐없이 이야기를 들으려 애썼다.

"일단은 합격이다! 겸손의 미덕이 부족한 것 같지만, 그거야 내 밑에서 배우면 되는 것이니까."

임상옥의 선언에 노빈손이 물었다.

"예? 뭐가요?"

"뭐긴. 의주상단 입사 시험을 말하는 게다. 내 조그마한 가게를 내줄 터이니, 발품이와 함께 무얼 할지 상의해 보도록 하여라."

"아니, 제 의사도 묻지 않으시고 갑자기 취직이라뇨? 전 자유로운 삶을 추구한다구요."

노빈손은 가볍게 항의했지만, 임상옥은 들은 척도 하지 않았다. 옆에 앉은 발품이는 성은이 망극하다는 표정으로 임상옥을 바라보았다.

국가가 관리한 홍삼

홍삼의 효능 중 중요한 것은 '어댑토겐 효과'라는 것이다. 주위 환경으로부터 오는 각종 유해한 것들과 스트레스 등에 대해 방어 능력을 증가시켜 생체가 보다 쉽게 환경에 적응하도록 하는 작용이다. 홍삼의 이러한 효능은 과학적으로도 입증되고 있다. 한국에서 홍삼을 제조하기 시작한 것은 1000년도 이전인 것으로 전해진다. 1995년까지만 해도 홍삼은 정부만이 제조할 수 있었지만 1996년부터 전매제가 폐지되면서 일정 시설을 갖추면 누구나 홍삼을 가공하고 판매할 수 있게 되었다.

틈새시장을 공략하라

노빈손과 발품이는 임상옥에게 자금을 투자받아 의주 저잣거리에 비단 가게를 열었다. 온갖 종류의 큰 가게들 사이에 끼어 있는 아주 작은 규모의 점포였다.

"이런 고급 비단이 잘 팔릴까? 왜 하필 이거야? 옷감이나 파는 건 사나이답지 못하잖아."

발품이는 업종 선택에 불만이 많았다.

"지금 양반 부녀자들과 기생들 사이에선 화려한 옷들이 유행을 하고 있어. 그만큼 비단을 많이 찾고 있고. 우린 그들을 공략해야 해. 어때? 이것이 바로 틈새시장!"

청산유수로 쏟아져 나오는 노빈손의 말에 발품이는 이해도 하지 못한 채 고개를 끄덕였다.

노빈손은 일전에 상인들의 발마사지를 하면서 비단의 공급이 적다는 이야기를 많이 들었다. 조선은 엄격한 유교 국가인만큼 화려한 비단옷이 미풍양속을 해치는 폐단이라 생각했다. 따라서 비단 생산량이 계속 줄고 있었던 것이다. 반면 중국에서는 비단의 제작 기술이 날로 발전하여 서역까지 수출을 할 정도였다.

비단 장사는 호황을 누렸다. 옷감을 수입해 오는 족족 동이 날 정도였다. 지나가다 들른 임상옥이 말했다.

"큰 가게들 사이에서 버틸 수 있을까 걱정이었는데, 그럭저럭 잘

되고 있구나."

"원래 이것저것 다 들어서 있는 곳이 유동인구가 많고, 손님들 발길도 잦은 법이잖아요."

"한데 이 처녀는 왜 여기 이렇게 서 있는 게냐?"

임상옥은 아까부터 비단 옷을 입은 채 상점 앞에 서 있는 처녀를 가리켰다.

"그냥 옷감만 보면, 그게 옷으로 만들어졌을 때 어떤 느낌인지 알수가 없거든요. 그렇지만 이렇게 누군가가 입고 있으면 손님들이 옷감을 고르기 쉽잖아요. 홍보도 되고요."

"그런 생각은 대체 어찌 해 내는 것이냐? 기특한 녀석, 허허허."

임상옥은 가끔씩 가게에 들렀다가 흐뭇한 표정으로 돌아갔다. 연신 웃음을 흘리긴 발품이도 마찬가지였다.

"빈손아, 이러다 우리 금방 부자 되겠어!"

노빈손과 발품이는 밤마다 장부를 정리하며 미래에 대한 꿈에 부풀었다.

하지만 행복은 쉽사리 손에 잡히지 않는 것이었던가. 아무 문제 없을 것만 같던 가게에 위기가 닥쳤다. 어느 날부터 손님이 하나둘씩 줄기 시작하더니, 결국 하루 종일 아무도 오지 않는 상황까지 간 것이다. 코앞에 또 다른 비단 가게가 열린 탓이었다. 그곳은 임상옥의 라이벌 한대박이 차린 곳이었다. 이유는 알

짧은 저고리 유행

조선 초기의 여인들이 입었던 저고리는 엉덩이 부근까지 내려올 정도로 길었다. 저고리의 길이는 그 후로 점점 짧아져 사회적인 문제가 되기까지 했다. 조선 후기 실학자들의 문집을 보면 짧은 저고리 유행을 비판하는 글이 많다. 자줏빛 천으로 깃, 끝동, 고름을 달고 겨드랑이 부분에 곁마기를 댄 삼회장저고리 또한 당대 여인들에게 최고의 인기였다.

수 없었지만, 사람들은 전부 한대박네 가게로 몰려갔다.

"으으… 그 짠돌이 아저씨, 처음 봤을 때부터 느낌이 좋지 않았어."

"한대박 말하는 거지? 우리 대방 어르신과도 옛날부터 사이가 안 좋았어. 찰거머리처럼 우리 어르신에게 해를 끼칠 궁리만 한다니까. 에휴, 이제 어쩐다……."

발품이는 전과 달리 웃음기가 싹 가신 얼굴로 땅이 꺼져라 한숨을 쉬어 댔다.

"한번 가 보자."

노빈손은 발품이를 데리고 한대박네 가게를 찾아갔다. 대체 어떤 식으로 손님을 끄는지 알아보기 위해서였다.

정말 한대박네 가게는 말 그대로 '대박'이었다. 남대문 한복판에서 "골라, 골라"를 외치는 현장처럼 몰려든 사람들로 바글거렸다.

멀찌감치서 지켜보던 노빈손은 사람들 사이를 헤집고 들어갔다. 목청 높여 "여기요!"라고 질러 대는 아주머니에게 물었다.

"아주머니, 여기 물건이 그렇게 좋아요? 왜 이렇게 사람이 많은 거예요?"

"아, 좋은 건 모르겠는데, 싸잖아. 시중에서 사는 것보다 반은 더 싸."

"에이, 그럴 리가요. 청나라에서 들여오는 값이 있는데~."

"그걸 내가 어찌 알아! 자꾸 말 시키지 말고 저리 가. 여기 비단 한 필 주세요~. 아까부터 손 들었는데 자꾸 나만 안 보네!"

노빈손과 발품이는 도무지 이해가 가지 않았다. 청나라에서 사들이는 기준값이 있을 텐데, 이렇게 터무니없이 싸게 팔다니!

"빈손아, 기다려 봐."

발품이는 인파를 헤치고 들어가 비단 두 목을 사 가지고 나왔다.

"뭔가 수상해."

발품이는 비장한 눈빛으로 비단을 들고 가게로 돌아왔다.

그러곤 마치 셜록홈즈라도 된 듯 사들고 온 비단을 이리저리 살피더니 자기네 비단과도 비교해 보았다. 뭔가 발견한 듯 발품이는 저벅저벅 걸어가 물동이에 비단을 첨벙 담갔다. 그리고 몇 번 주물럭거렸다.

"발품아, 너 왜 그래?"

임상옥의 재력

훗날 임상옥은 인삼 무역으로 돈을 많이 벌었다. 당시 임상옥이 청나라에 인삼을 팔고 와서 은괴를 쌓으면 마이산만 하고 비단을 쌓으면 남문루만 할 것이라고 비유할 정도였다. 돈 관리를 맡은 사람만 해도 70명이 넘었고, 관리나 사신 일행 700명이 묵을 수 있을 정도로 집의 규모도 컸다고 한다. 하지만 이것은 훗날 임상옥이 본격적으로 청나라와의 인삼 무역에 나섰을 때이므로, 이야기 속 노빈손이 임상옥을 처음 만난 지금의 상황은 아니다.

"역시! 잘 봐. 한 번 빨았는데도, 염색 물감이 이렇게나 빠졌어."

정말이었다. 발품이가 들어올린 한대박네 비단은 군데군데 색이 빠져 얼룩덜룩해졌다.

게다가 올이 풀린 듯한 부분을 잡아당기자 끊임없이 실밥이 풀려 나왔다.

알고 보니 한대박네 가게에 있는 비단들은 죄다 불량 상품이었다. 엉성하게 직조되어 있을 뿐더러 한 번 물에 담그고 나니 광택이나 촉감도 보잘것없었다. 아무도 수입하지 않을 만한 제품이었지만, 한대박은 왕찡상을 통해 그런 불량 비단만 구입한 후, 고급인 양 둔갑시켜 싼값으로 팔고 있었던 것이다.

"안 되겠어! 내가 가서 한대박네 비단을 사려는 사람들에게 알려 줘야겠어."

"그만둬, 빈손아. 어차피 한대박은……."

발품이가 채 말릴 새도 없이 정의의 사도 노빈손은 한대박네 가게로 달려갔다.

"이놈, 네가 웬일이냐? 이 주꾸미 같은 녀석이 또 무슨 짓을 하려고!"

"이것 보세요, 아저씨. 불량품을 고급품으로 속여 파는 건 사기예요! 여러분~, 이 비단들은 다 불량이에요!"

한대박은 깜짝 놀라 노빈손의 입을 틀어막았다.

"이놈이 이거 네 가닥 남은 머리끄덩이 다 쥐어뜯겨 봐야, 아~ 그래도 네 가닥 남았을 때가 잘생긴 편이었구나 하고 부인네들한테 가체라도 얻으러 다닐 거야!"

"아저씨!"

"다치기 싫으면 조용히 해라, 응? 난 물건을 싸게 많이 팔 뿐이야. 박리야매라고, 모르냐?"

"박리 '다' 매겠죠."

"이, 이놈이! 어디서 꼬박꼬박 말대꾸야? 여전히 버릇이 없구먼. 감옥에서 나온 지 얼마 안 됐다던데, 꼬투리 잡아 한 번 더 쳐 넣어 줘?"

    우울했던 감옥 생활을 떠올리니 점심으로 먹은 주먹밥이 역류하는 기분이었다.

    노빈손이 노려보거나 말거나 한대박은 실실 약을 올려 댔다.

    "새로 연 가게가 계속 잘나갈 줄만 알았지? 케케… 그래서 인생사 다홍치마라고 하는 거다."

    "다홍치마가 아니라 새옹지마거든요!"

    씩씩거리며 가게로 돌아온 노빈손은 종일 생각에 잠겼다.

    한대박을 건드리는 건 위험 부담이 컸다. 야비한 한대박을 자극해 놓고 방심했다가 자칫 더 큰 봉변을 당할지도 모를 일이었다.

망해 가는 가게를 살리기 위해선 대책이 필요했다. 하지만 어떤 방법을 써도 역부족이었다. 사람들에게 비단 샘플을 돌리고, 한꺼번에 열 필 이상을 사면 할인해 주는 등 현대의 고객 유치 수단을 동원해 봐도 소용이 없었다. 이익을 거의 포기한 채 값을 내려 보기도 했지만, 한대박네 가게와는 가격 차이가 너무 컸다.

노빈손네 가게를 찾는 사람은 없었다. 야심차게 시작했던 가게는 결국 문을 닫기에 이르렀다.

귀중한 가르침

"대방 어르신, 소인은 사나이로서 참기가 어렵습니다. 상대가 한대박이라는 게 더 분합니다!"

"이건 정말 말도 안 되는 일이라구요!"

화가 나서 방방 뛰는 발품이, 노빈손과는 달리 임상옥은 비단 가게 실패를 의연하게 받아들였다.

"내 너희의 가능성을 충분히 보았다. 그만하면 잘하였다."

하지만 노빈손은 이번 결과를 인정할 수가 없었다. 정정당당한 승부가 아니라 비겁한 수에 졌다는 생각에 억울하기만 했다.

"뼈아픈 경험은 앞으로 더 큰 일을 하기 위한 밑거름이 될 것이야."

"물론 실패는 성공의 어머니라지만, 막상 상황이 이렇게 되고 보니 비현실적인 말이란 생각이 드네요."

"실패는 성공의 어머니라고? 고얀! 어떻게 그렇게 멋진 말을 생각해 낸 것이냐! 잠깐 기다려 봐라. 적어 두게."

아니, 이런 심각한 상황에! 정말 알 수 없는 분이라니까.

임상옥은 노빈손이 무심코 던진 격언을 적은 후, 다시 진지한 표정으로 돌아와 물었다.

"그래, 너희 둘은 이번 일로 무엇을 느꼈느냐?"

"……?"

발품이가 우물쭈물하는 사이 노빈손이 울컥하듯 말을 뱉어 냈다.

"정직하면 손해 본다는 거죠. 정말 이런 생각 안 하려고 했는데……."

말이 끝나기도 전에 임상옥이 버럭 소리를 질렀다.

"빈손이, 네 이놈! 어찌 그런 생각을. 고얀지고!"

평소와는 다른 서슬 퍼런 호통에 노빈손은 어쩔 줄 몰랐다. 방 안 공기가 서늘해졌다.

잠시 침묵하던 임상옥은 노빈손과 발품이를 방으로 불러 앉혔다.

"발품아, 가서 문방사우를 꺼내 오너라."

"예? 예, 어르신."

매점 매석

조선시대 상인이 가장 손쉽게 돈을 벌었던 방법은 매점 매석이었다. 유통경제와 교통 통신이 발달하지 못한 시장에서 특정한 물건을 사들여, 물건 값이 오르면 비싸게 되파는 식으로 큰 이익을 얻었던 것이다. 주로 대외 무역의 상징인 인삼과 곡식이 사재기의 대상이었다. 특히 곡식 중 쌀은 사람들의 주식임과 동시에 세금의 한 종류였으므로 많은 상인들이 취급했다. 조선 후기의 상인들은 다른 어떤 물품보다도 쌀을 이용해서 돈을 벌기에 급급하였다.

발품이는 종이와 붓, 먹과 벼루를 가져와 임상옥 앞에 조심스레 펼쳐 놓았다. 그리고 청자로 된 작은 연적에 물을 담아 왔다.

임상옥은 입술을 굳게 다문 채, 말없이 먹만 갈았다. 그렇게 30분이 지나갔다.

'아이고, 이젠 먹 가는 소리가 감미로운 자장가처럼 들리는구나.'

무릎을 꿇고 앉은 노빈손은 꾸벅꾸벅 졸기 시작했다.

"내 너희에게 꼭 해 주고 싶은 말이 있느니라."

한참 만에 입을 뗀 임상옥이 붓을 들더니 무언가 쓰기 시작했다. 단숨에 써 내려간 두 글자는 마치 살아 꿈틀거리는 것처럼 보였다. 서예에 조예가 깊지 않은 이들이 봐도 그 뛰어남을 알 수 있을 만한 대담한 필체였다.

商道

'음, 뒤에 있는 글자가 도인 건 알겠는데……'

한문만 나오면 기가 죽는 노빈손이었다.

"상도. 장사에도 바른 길, 즉 지켜야 할 도리가 있는 것이다. 장사를 하는 데 있어서 가장 중요한 것이 무엇이겠느냐?"

"이문을 남기는 것, 즉 돈을 버는 것 아닙니까?"

발품이의 대답에 임상옥은 아무 말이 없었다.

"아! 가게 위치요! 우리 엄마 말씀이 장사는 목이 좋아야 한대요."

노빈손이 열심히 머리를 굴려 보았지만 이번에도 임상옥은 묵묵부답이었다.

"잔머리?"

"장부!"

"물건의 품질, 이벤트, 서비스!"

"……."

무슨 말을 해도 임상옥은 눈을 감은 채 터럭 하나 움직이지 않았다.

노빈손과 발품이가 대답하는 데에 슬슬 지쳐 갈 때쯤, 임상옥은 눈을 뜨고 다시 붓을 들었다. 그가 쓴 글자는 단 두 획이었다.

역사 속 아름다운 부자

거상 임상옥은 백성을 위하는 마음이 깊어 기부와 자선을 아끼지 않았다. 임상옥처럼 이웃과 나눔을 실천한 역사 속 부자에는 누가 있을까? 태풍으로 제주 사람 모두가 굶어 죽게 되었을 때, 전 재산을 털어 굶주린 백성을 살린 여성 상인 김만덕이 있다. 또한 '사방 백 리 안에 굶어 죽는 사람이 없게 하라'는 가훈을 지켜 온 경주 최부자 가문이 있다. 이 집안에서는 일 년에 거두어들이는 쌀 3천 석 가운데 1천 석을 어려운 사람들을 돕는 데 썼다고 한다.

人

노빈손은 이번엔 자신 있다는 듯이 큰 소리로 대답했다.

"사람? 아하! 종업원들! 맞아요. 종업원을 잘못 쓰면 뒤로 돈을 빼돌릴 수도 있고……."

딱!

"윽! 대방님! 왜 때리세요? 장사 망한 것도 서러운데……."

붓으로 머리를 한 대 얻어맞은 노빈손의 입이 오리처럼 툭 튀어나왔다.

"가장 중요한 것은 사람이다. 이익도 중요하지만 돈을 버는 이유 또한 따지고 보면 사람을 위해서이니라. 사람보다 돈이 먼저라고 하는 이들은 참된 상인이 아니다."

임상옥은 그 어느 때보다 진지했다.

"작은 장사는 이문을 남기기 위해서 하는 것이지만, 큰 장사는 결국 사람을 남기기 위해서 하는 일이다. 사람이야말로 장사로 얻을 수 있는 최고의 이윤인 것이다. 그러려면 신용을 쌓아야 한다. 속임수와 상술보다는 신용과 신뢰를 쌓는 게 진정 중요한 것이니라. 내

말 명심하거라."

한마디, 한마디에 여느 상인과는 다른 임상옥의 상업 철학이 묻어 나왔다.

노빈손은 이제야 임상옥이란 인물에 대해 정말 알게 된 기분이었다. 그의 거상다운 면모를 확실히 느낀 것이다. 발품이는 심하게 감동을 받았는지 몸까지 살짝 떨고 있었다.

"그러니까 이익보다 먼저 사람을 위하는 진짜 상인이 되어야 한다 이 말씀이시죠?"

"오냐. 그걸 장사치들의 상도라고 하는 거다."

"하지만 종업원을 엄하게 다루는 것도 사람을 위한……."

딱!

노빈손의 말이 끝나기도 전에 임상옥은 다시 붓을 들어 노빈손의 이마를 가격했다. 어찌나 따끔한지, 노빈손은 눈물이 핑 돌았다.

으흑… 분위기가 너무 진지해서 웃어 보자고 한 말인데. 대방님 정말 너무하셔!

조선시대 상인들을 소개합니다

안녕하세요? '조상소'의 진행을 맡은 MC빈입니다.

조선시대는 사농공상이라고 해서, 상인은 천민을 제외한 양인 중에서 가장 천시 받는 직업인들이었죠. '농자천하지대본'이라고 하듯 조선은 농업 중심 사회잖습니까? 하지만! 사회적인 차별과 역경과 시련을 극복하고 상업 분야에 뛰어들어 조선 후기 경제를 발전시킨 최고의 상인들이 있었으니, 그 늠름한 얼굴들을 지금부터 소개합니다.

조선시대의 상인분들, 각자 매력 발산할 수 있는 기회를 드리겠습니다. 개성 있는 자기 소개 부탁 드려요.

서울 육의전의 시전상인

나로 말하자면, 한양의 시전상인이야. 왕실과 관아에 필요한 물품을 조달하는 상인이지. 우리 시전상인들은 국가로부터 가게(시전)를 대여 받고 한 점포마다 한 가지 물품만을 독점적으로 판매할 수 있어. 평시서(시전에서 쓰는 저울 등과 물건 값을 검사하는 관아)로부터 가격과 품질을 검사 받으면서 말이지.

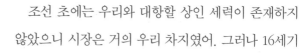
시전상인

조선 초에는 우리와 대항할 상인 세력이 존재하지 않았으니 시장은 거의 우리 차지였어. 그러나 16세기 이후 한양의 인구가 증가하면서 새로운 상인 세력이 등장해. 바로 지금의 동대문 시장인 이현과 남대문 시장 칠패에 등장한 상인들이야. 정부의 허가를 받지 않은 개인 상인(사상)들이지. 이들은 정부에서 지정한 범위를 벗어나 불법으로 물품을 팔았는데 이런 가게를 난전이라고 해. 쉽게 말하자면 난전은 노점상인 셈이야.

정부는 우리 시전상인들에게 난전을 단속하는 금난전권이라는 독점적 상업권을 주었어. 대신 우리는 궁중과 관청에서 필요로 하는 물건이나 중국으로 보내는 물건을 대 주었지.

초기에는 시전들의 크기가 거의 비슷했는데, 차츰 도시가 번영하고 상업이 발전하게 되자 시전들은 그 특성에 따라 각각 경영 방식이나 규모가 달라졌어. 이들 중 비단, 면포, 명주, 종이, 모시, 어물 이 여섯 가지를 취급하는 상점 육의전이야.

정부에서 필요한 물건을 대신 사 주는 공인

나는 공인일세. 공인은 관으로부터 정식 허가를 받고, 정부가 공물로 받은 대동미(쌀)와 대동포(베) 등을 지급 받아 관청에서 필요로 하는 물건을 사다 주는 특권상인을 말해.

공물이란 궁중에서 쓰기 위해 각 지역에서 거둬들인 물품이야. 말하자면 세금이지. 처음엔 지방의 군현과 관아에서 그 지역 백성들에게 고장 특산물을 걷어 궁중에 바쳤어.

그런데 날씨가 더운 여름에는 한양으로 보낸 특산물들이 중간에 상해서 또다시 물품을 거두어야 했어. 심지어 그 지방에서 나지 않는 물품을 다른 지방에서 사 와서 보내는 경우도 있었지.

결국 여러 가지 문제점 때문에 대동법이 실시됐어. 대동법은 각 지역의 공물들을 무조건 쌀로 통일해서 바치게 한 세금 제도야. 정부는 그렇게 해서 모인 쌀로 공인을 통해 필요한 물품을 사들였어. 즉, 전에는 각 지방에서 직접 올렸던 특산물들을 이제는 공인이 정부의 돈을

받아 대신 구입해 주게 된 거야. 공인은 대동법의 등장과 함께 나타난 상인 계층이지.

객주 및 여각

나는 객주야. 객주란, 객상주인의 준말로 각 지역에서 모여드는 상인을 위하여 물품을 보관하거나 대신 팔아 주고, 숙식 제공, 어음 발행을 해 주는 사람이야. 그러니까 말하자면 물건 보관소, 호텔, 은행 등의 역할을 한 거지. 객주는 상인들 사이를 중간에서 연결해 주는 역할도 했어.

자본이 많은 객주는 여각이라고 불리기도 했어. 사실 여각은 본래 상인들의 숙소라는 의미였어. 초기의 여각은 숙박을 제공한다기보다 물건 보관소의 역할이 더 커서 사람은 물건의 틈바구니에서 새우잠을 자는 형태였지. 그 후 상업 활동을 하는 사람들이 늘고 물품의 양도 증가하자 숙소와 큰 창고를 보유하고 소와 말을 재울 수 있는 마구간을 설치한 여각이 생겨났어. 그리고 여각이란 말은 그 일이 이루어지는 장소뿐 아니라 그 일을 하는 사람까지 지칭하게 되었지.

객주나 여각은 강이나 해안의 포구에서 활동했어. 조선시대 상인들이 한강, 대동강, 낙동강, 금강, 영산강, 섬진강 등 주요 하천을 따라서 물건을 운반했기 때문이지.

물품들은 생산자에서 수집상을 거쳐, 객주에게 맡겨졌다가 시전이나 도고(도매 시장)로 가지.

여각의 주모

그리고 시장이나 행상을 거쳐 소비자의 손에 들어가는 거야. 조선 후기 경제 발전에 객주나 여각들은 톡톡히 한몫을 했어.

지방의 보부상

나는 보부상이야. 보부상이란 무엇이냐, 넓은 의미로는 지방의 시장을 돌아다니면서 일상에서 쓰는 잡다한 물건을 소비자에게 파는 행상인이라고 볼 수 있어. 어찌 보면 고대 사회 때부터 존재한 상인들이지. 그렇지만 시장을 돌며 다니는 상인이 모두 보부상은 아니었어. 자율적으로 조직된 조합 형태인 상단에 소속된 상인을 보부상이라고 했거든.

보부상은 판매 방식과 파는 물건에 따라 보상과 부상으로 구분되었어. 보상은 비교적 값비싼 붓과 먹, 금 · 은 · 동 제품 등과 같은 정밀한 세공품을 보자기나 질빵에 걸머지고 다니며 판매했어. 그래서 봇짐장수라고도 하지. 이에 비해 부상은 나무 그릇, 토기 등과 같은 비교적 조잡한 일용품을 지게에 지고 다니면서 팔았어. 그래서 등짐장수라고도 해.

보상

보부상이 전성기를 맞이하게 된 것은 조선 후기야. 전국 곳곳의 교통 요충지마다 시장이 들어서고 정보가 잘 전달되어서 활동 무대가 커졌기 때문이지. 정부는 보부상단의 정보력과 단결력, 조직망을 이용하여 비상시에 통신과 물자 운반 등의

부상

도움을 받으려고 했어. 그래서 보부상은 국가의 비호를 받으며 크게 발전할 수 있었어.

작은 규모로 움직이기 때문에 거대한 기업 형태로 성장하는 것은 어려웠지만, 분명 우리 보부상은 조선 후기 상품의 전달을 원활하게 하는 데 크게 기여한 상인들이야.

잘 들었습니다. 각자 다 고유의 영역과 역할이 있으시네요. 자, 여러분은 이분들 중 누가 마음에 드시나요?

찌질이 한대박의 과거

"케케. 이렇게 해 놓으면 아무도 모르겠지?"

귀한 약초들이 진열되어 있는 조그마한 가게 안. 땅딸막한 키의 점원 한 명이 혼자 키득거렸다.

그는 진열대 위에 있는 바구니 안에서 약초를 한 주먹 꺼내고, 대신 말린 잡초를 집어넣는 중이었다. 잡초와 약초는 모두 바싹 마른 상태라 섞어 놓으니 눈으로 구분하기가 어려웠다.

"이 약초는 따로 내다 팔아야겠다. 이렇게 머리가 좋은데, 왜 다들 나한테 무식하다고 하는지 몰라."

가게 물건을 바꿔치기하며 즐거워하는 그 점원은 다름 아닌 과거의 한대박이었다.

'사이비'라는 말의 유래

사이비는 『맹자』의 「진심편」과 『논어』의 「양화편」에 나오는 말이다. 공자는 '나는 사이비한 것을 미워한다(孔子曰 惡似而非者)'라고 하였다. 사이비는, 외모는 그럴듯하지만 본질은 전혀 다른, 즉 겉과 속이 전혀 다른 것을 의미하며, 선량해 보이지만 실은 질이 좋지 못한 것을 뜻한다.

가게를 통솔하는 행수의 발자국 소리가 들리자 한대박은 잽싸게 약초를 숨겼다. 행수 옆에는 똘똘하게 생긴 한 청년이 서 있었다.

"대박아, 인사해라. 오늘부터 같이 일하게 될 아이다."

"임상옥이라고 합니다. 제가 모르는 것이 있으면 많이 가르쳐 주십시오. 잘 부탁드립니다."

임상옥과 한대박은 의주상단의 같은 가게

점원으로 처음 만났다. 그때 임상옥은 약관의 나이였다. 보따리장수인 아버지를 따라다니며 어려서부터 장사 수완과 물건 보는 법 등을 익히다가, 아버지가 돌아가신 후 마침내 상인의 길을 본격적으로 걷게 된 것이다.

"쳇, 어디서 굴러먹다 온 녀석인지 모르겠지만, 날 선배로 잘 모시지 않으면 국물도 없을 줄 알아!"

한대박은 공손히 인사를 하는 임상옥에게 으름장을 놓았다.

둘이 일하는 가게는 청나라 상인들을 상대로 조선의 인삼과 약초를 파는 곳이었다. 가게를 관리하는 행수는 장사 경험이 많은 나이 지긋한 상인이었다.

"물은 길어다 놓았느냐? 새로 들인 물건은 다 정리했고? 장부는 세세하게 기록해야 한다!"

오랜 시간 대국을 상대로 제법 규모 있는 거래를 해 온 의주상인들은 치밀하고 깐깐했다. 임상옥과 한대박은 그 밑에서 허드렛일부터 시작하여 장사를 배웠다.

임상옥은 한눈팔지 않고 열심히 일하는 반면, 한대박은 틈만 나면 꾀를 부렸다. 게다가 들어온 지 얼마 안 된 임상옥이 장사에 탁월한 재능을 발휘한 데 비해, 오랜 시간 상단에서 일해 온 한대박은 아직도 일이 매우 서툴렀다.

"상옥이는 참으로 성실하고 장사 수완이 뛰어나구나! 앞으로 대상인이 되겠어."

"과찬이십니다."

행수는 틈만 나면 임상옥을 칭찬했다. 한대박에게 돌아오는 건 혹독한 질책과 꾸중이었다.

"대박인 아직도 장부 정리법을 익히지 못한 것이냐? 장부는 각 상단만의 재산이며 장사의 기본인 것을, 그래 가지고 앞으로 유능한 상인이 될 수 있겠느냐? 쯧쯧, 걱정이로고!"

'임상옥 저 녀석 때문에 발 뻗고 잘 수가 없다. 저놈만 없으면 내가 이 상단을 차지할 수도 있을 것 같은데…….'

툭하면 임상옥과 비교를 당하는 한대박은 자신의 게으름과 무능을 탓하기보다는 가슴 속에 분노를 쌓아 갔다. 한대박에게 있어 임상옥은 눈엣가시나 다름없었다.

그러던 중 한대박이 임상옥을 원수처럼 여기게 되는 사건이 터지고야 말았다.

그날은 행수가 만상 회의에 참석하기 위해 외출을 한 탓에 두 사람이 가게를 보고 있었다. 주인이 없는 틈을 타 한대박이 임상옥을 마구 부려먹고 있는데, 한 노인이 찾아왔다. 차림새와 흙 묻은 망태기로 보아 한눈에도 심마니임을 알 수 있었다.

"주인장 계시오?"

"저희 행수 어르신은 지금 안 계십니다. 무슨 일이십니까?"

임상옥이 공손하게 대답하자, 노인은 망태

상단의 계급

상단의 계급은 가장 높은 대방과 그 아래 도방, 대행수, 행수, 서기, 사환 순으로 구분된다. 심부름을 하는 직원인 사환은 상단의 주요 구성 인원이었고, 행수는 한 무리의 우두머리였다. 대행수는 육의전의 각 대표로, 전 구성원들에 의해 뽑혔다. 도방은 지금의 사장급이다. 규모가 작은 상단은 대방 없이 도방이 모든 것을 총괄하기도 하였다. 대방은 보부상 산하 단체의 임원인 폐막, 삼좌, 오좌, 십좌의 총칭이다. 지금으로 말하자면 그룹 총수 정도 되었으니, 대방이 있는 상단은 규모가 상당히 큰 것이었다.

기에 든 삼을 보여 주며 말했다.

"내가 한 달 전 용이 하늘로 승천하는 꿈을 꾼 후에 묘향산에서 귀한 산삼 한 뿌리를 캤소이다. 이렇게 큰 산삼은 몇십 년 만에 처음 보는 것이오. 감정해 보시고 뜻이 있다면 이것을 팔려 하오."

"아니! 산삼이 이렇게 크다니! 내가 이걸 사 놓으면 행수 어르신도 기뻐하시겠지? 케케……."

한대박은 호들갑을 떨며 당장에 산삼을 사겠다고 난리였다. 하지만 임상옥은 왠지 모르게 이상한 낌새를 느꼈다.

"일단은 저희에게 맡겨 두고 돌아가 주시겠습니까? 술시(오후 7시 ~9시)에 행수 어르신이 돌아오시면 그때 보여 드리고 결정토록 하겠습니다."

뜻밖의 말에 노인은 당황하는 듯했다.

"껄껄. 젊은 친구가 아주 융통성이 없구먼. 이게 얼마나 귀한 산삼인데. 다들 이걸 얻고 싶어서 줄을 다 선다오. 지금 살 거면 사고, 아니면 난 그냥 돌아가겠소."

그러자 한대박이 버럭 화를 내며 임상옥에게 말했다.

"야, 이 바보야! 딱 보기에도 고급 산삼인데, 이걸 놓칠래? 행수님이 나중에 이 사실을 아시면 넌 끝장날 거다!"

"아닙니다, 대박 형님. 일단은 절 믿어 보십시오."

임상옥은 한 치의 흔들림이 없었다.

"지금은 어쩔 수가 없습니다. 저흰 아랫사람들일 뿐이고, 행수님의 허락 없이 거금을 내 드릴 수는 없습니다. 단 몇 시간만 기다려

주십시오."

노인은 어떻게든 삼을 팔려고 했지만, 임상옥의 굳은 심지에 결국은 포기하고 말았다.

"좋소. 내 산삼을 맡겨 두고 다시 오리다. 아주 귀한 물건이니 함부로 손대거나 바꿔치기를 했다간 내 가만있지 않을 것이오."

노인은 나가면서도 들으라는 듯 큰소리를 쳤다.

한편, 가게로 돌아와 자초지종을 들은 행수는 임상옥에게 물었다.

"대박이 말에 따르면 귀한 산삼이라는데, 어떤 이유로 거절을 한 것이냐?"

"제가 보기에 산삼치고 크기는 크나 잔뿌리가 적고 부자연스러우며 몸 전체에 윤기가 나지 않습니다. 게다가 황취가 거의 없고 적변이 많이 끼어 있습니다. 아마도 산삼이 아니라 어린 산삼 싹을 떠다가 옮겨 심어 기른 경삼인 듯하옵니다."

행수는 노인이 가져온 삼을 살펴보기 시작했다. 돋보기를 사용하고, 향을 맡고, 흙을 만져 보더니 무릎을 탁 쳤다.

"상옥이 네 말이 맞다. 이것은 경삼이니라. 상옥이가 아니었으면 아주 큰일 날 뻔했구나!"

옆에 있던 한대박의 얼굴이 빨개졌다. 하마터면 거금을 날릴 뻔한 것이다.

아무것도 모른 채 돌아온 노인은 행수에게 삼 값을 요구하다 벼락같은 호통을 들었다.

"산삼이란 하늘이 주시는 것이오. 삼을 속여 파는 것은 하늘을 기만하는 것과 같은 행위란 말이오. 이걸 가지고 썩 물러가시오!"

노인은 얼굴이 새파랗게 질려서는 냅다 줄행랑을 쳤다.

이 일로 임상옥은 행수로부터 두터운 신임을 얻게 되었다.

"상옥이는 삼을 보는 안목이 뛰어나고 성품이 신중하니 믿을 만하구나. 새로 여는 가

산삼을 아십니까

산삼(山蔘)은 한반도, 만주 남부, 연해주 일부 지역에 자생하는 여러해살이풀로, 사람의 손을 거치지 않은 자연산 고려인삼이다. 한국어 고유 명칭은 심, 방추 등이다. 산삼은 기원전 2세기 이후 중국에 전해져 주로 조공품으로 바치게 되었고, 발해를 통해 일본에도 전파되었다. 조선 왕조 자체에서도 많이 소비하게 되자, 결국 인삼을 재배하기에 이른다.

게는 네가 맡도록 하여라. 대박이는 아직 멀었다."

한대박은 아무 말 없이 그저 닭똥 같은 눈물만 뚝뚝 흘릴 뿐이었다. 그리고 그날 밤, 원망과 미움만을 가슴에 품은 채 가게를 뛰쳐나왔다.

'두고 보자, 임상옥! 반드시 너보다 더 성공하고 말 테다!'

김정희의 등장

관리들을 매수해 돈을 번 한대박은 임상옥이 인삼 거래로 이름을 날리게 되자, 돈을 내고 개성상단에 끼어 들어갔다. 의주상인과 동래상인 사이에서 중개무역을 하는 이들이 대부분 개성상인이었기 때문이다.

개성상인들은 동래상인들을 통해 국내의 인삼을 일본에 팔아 은으로 바꾼 뒤, 그 은을 다시 의주상인들에게 팔았다. 그러면 의주상인인 만상들은 그 은을 가지고 청나라와 거래를 했다.

한대박은 은이나 청나라에 수출할 물건들을 싼값에 사들여 비싼값으로 팔았다. 상인들은 그 사실을 알고도 별 다른 방법이 없어 한대박에게 당하곤 했다.

"내가 부른 값 이하론 안 돼!"

"한대박 어르신, 조금만 더 깎아 주십시오. 은이 없으면 저희더러 청나라 상인들과 어떻게 거래를 하란 말씀이십니까?"

"그거야 자네들 사정이고, 난 내가 받을 돈만 받으면 되네!"

의주에 큰 장이 선 날에도 한대박은 어김없이 상인들에게 횡포를 부리고 있었다. 상인들은 한대박에게 애원하다시피 했지만, 한대박은 눈도 깜짝하지 않았다.

장날의 거리는 온통 들뜬 분위기였다. 어딜 가든 사람들로 북적였고, 국경과 가까운 곳이라서인지 청나라 상인들도 종종 눈에 띄었다.

그 인파 속에 노빈손과 임상옥, 그리고 발품이도 끼어 있었다.

"우아! 축제날이 따로 없네!"

노빈손은 놀이공원에 온 어린애처럼 신이 나 있었다.

상인들이 펼쳐 놓은 좌판마다 곡물과 생선, 채소가 가득했고, 어디선가 전을 지지는 고소한 기름 냄새가 풍겨 왔다. 한쪽에선 소 경매가 한창이었다. 거기에 씨름판과 광대놀음판까지 열리니 구경하는 재미가 쏠쏠했다.

"빈손아, 얼른 와! 늦겠어."

임상옥을 따라 부지런히 걷던 발품이가 자꾸만 뒤처지는 노빈손에게 주의를 주었다. 함께 걷다가도 노빈손은 종종 사라졌다. 없어졌

복합 문화 공간 장터

지방의 장터는 상인과 일반인 간의 상품 거래라는 경제 기능 외에 오락, 공연, 음주, 서신 교환, 친지 대면 등의 기능도 가지고 있었다. 장터는 이웃 마을 사람과 만날 수 있는 유일한 장소로 마을과 마을을 연결하는 중요한 자리였다. 농사 정보와 사회적 정보를 획득할 수 있는 공공 매스컴의 기능을 하고, 중매와 같은 집안끼리의 연결을 성사시키기도 하였다.

다 싶으면 씨름 구경을 하고 있고, 또 없어졌다 싶으면 군것질을 하고 있는 식이었다.

"고얀, 오늘은 장 구경을 나온 것이 아니니라. 귀한 손님을 모시러 가야 하니 서둘러라."

임상옥이 핀잔을 주었지만, 각종 볼거리에 너무 신이 나서인지 귀에 들어오질 않았다.

노빈손은 사라지고, 발품이는 찾고, 임상옥은 꾸짖고. 세 사람은 티격태격하며 복잡한 장터 한가운데를 지나가고 있었다.

시끌시끌하고 활기찬 분위기 때문인지 혼이 나면서도 즐겁기만 한 노빈손의 눈에 복어 같은 얼굴이 포착되었다.

상인들을 애먹이고 있는 한대박이었다.

"케케… 이게 누구야? 상옥이랑 그 졸개들 아닌가."

"대박 형님 아니십니까. 여긴 어쩐 일이십니까?"

임상옥은 예전에 함께 일했을 때처럼 한대박을 형님으로 부르며 예의를 갖췄다.

"그렇게 반가운 척하지 마. 네놈이 나랑 병원지간인 것은 의주 사람 전부가 아는 사실이야."

"형님, 뭔가 착각하신 것 같습니다. 병원지간이 아니라 '견' 원지간입니다."

임상옥의 말투가 너무 부드러워 한대박은 오히려 더 약이 올랐다.

"나도 알아! 안다고!"

"그럼 저희는 이만 가 보겠습니다. 손님 마중을 나가는 중이라서."

임상옥은 분해서 어쩔 줄 모르는 한대박에게 공손하게 인사를 한 뒤 돌아섰다. 한대박이 임상옥에게 당하는 광경을 고스란히 지켜본 노빈손과 발품이도 킥킥거리며 그 자리를 떴다.

지방의 시장

지방에도 곳곳에 시장이 생겼는데, 이를 장문이라고 부른다. 장문은 15세기 무렵부터 나타나기 시작했으며, 지방의 일정한 장소와 날짜(대략 5일 간격)에 열렸다. 인근의 농민, 수공업자, 상인 등이 모여 물건을 교환하거나 사고 팔았는데, 군역이나 세금 따위를 피해 도망간 농민들이 많이 모여서 국가의 억압을 받기도 했다.

세 사람이 향한 곳은 배가 정박하는 나루터였다. 나루터의 풍경은 여느 때와 같이 분주했다.

배가 들어오고 나갈 때마다 바삐 움직이는 사람들 틈에 누군가 홀로 강을 바라보며 서 있었다. 넓은 갓과 두루마기를 단정하게 차려입은 젊은 남자였다.

"생원 어른!"

임상옥은 그에게 다가가 반가운 목소리로 외쳤다.

"대인 어른! 그동안 별고 없으셨습니까?"

젊은 남자도 임상옥을 향해 허물없이 웃어 보였다.

그는 차림새로 보아 양반임이 분명했다. 하지만 두 사람은 나이와 신분을 떠나 서로를 존대하며 예의를 다하고 있었다.

추사 김정희

김정희(1786~1856)는 조선 후기의 대표적인 문신이자 서화가이다. 호는 완당·추사·예당·시암 등이다. 김정희가 7세 때 '입춘대길'이라 쓴 글을 문 앞에 붙여 놓으니 지나가던 채제공이 보고는 장차 명필이 되겠다고 칭찬했다고 한다. 서예·도서·시문·묵화에서 독창적이며 뛰어난 업적을 남겼으며, 묵화에서는 난초·대나무·산수화 등을 잘 그렸다. 실생활에 필요한 학문을 과학적이고 객관적으로 연구하자는 실사구시를 주장하였다.

"어쩐 일로 의주에 다 오셨습니까?"

"실은 아버님께서 동지부사로 임명되시어 곧 연경으로 가시게 되었습니다. 저 또한 자제군관으로 아버님을 따라가 그곳에서 잠시 공부를 하고 오려 합니다. 의주에는 연경으로 떠나기 전까지 머물면서 그림이나 그리고 쉴까 해서 왔습니다."

"그것 참 잘된 일이군요. 생원 어른은 원래 북학에 관심이 많으셨지 않습니까."

"그렇습니다. 이번에 가면 뛰어난 학자들을 만나 그 사상을 조금이나마 경험해 보고자 합니다."

생각만 해도 설레는지 남자는 살짝 얼굴을 붉혔다. 눈빛이 강하고 성품도 굉장히 꼿꼿해 보였다.

"저분은 누구셔?"

노빈손이 발품이에게 몸을 기울여 물었다.

"아, 김정희 어르신이야. 어릴 적부터 화서의 신동으로 유명하신 분이지."

화서라면 그림과 글씨? 그렇다면 혹시, 추사체의 그 김정희?

노빈손은 깜짝 놀란 얼굴로 강한 기운이 느껴지는 젊은 남자를 한참 동안 바라보았다.

 피 흘리는 백성들

"한양은 어떻습니까?"

"여전합니다. 왕실을 좌지우지하는 자들로 인해 나라 꼴이 엉망입니다."

김정희의 말은 듣고 임상옥은 잠시 침묵했다.

순조 10년. 안동 김씨 일족이 중앙의 중요한 관직을 모두 차지하고 임금보다 더한 권세를 누리고 있었다. 많은 이들이 권세가들에게 돈을 바치고 지방의 수령이나 관리직을 얻었다. 그런 자들은 대부분 백성들에게 횡포를 부리고 돈을 뜯어내는 탐관오리가 되었다.

"의주는 어떻습니까? 하시는 일은 잘되고 있는지요?"

"허허, 장사라는 것이 늘 확실하게 말하기 어려운 것 아닙니까."

김정희의 물음에 임상옥은 그저 웃었다.

"근래에 물건을 거래하면서 봉변을 당한 적은 없으십니까?"

"봉변이라니요?"

임상옥은 김정희의 말이 무슨 뜻인지 알 수 없었다.

"실은 얼마 전 평양에 다녀왔는데, 그곳에서 누군가 제 글씨를 필사하여 팔지 뭡니까?"

"그런 일이 있었습니까? 생원 어른의 필체가 워낙 뛰어나니 그런 일까지 생기나 봅니다."

상평통보의 역사

상평통보가 처음 만들어진 것은 1633년(인조 11년)이다. 하지만 화폐경제가 발달하지 않은 시기였기에 돈이 자연스레 유통되지 않아 잠시 제조가 중단되었다. 1678년(숙종 4년) 정월에 영의정 허적, 좌의정 권대운 등의 주장에 따라 다시 만들기 시작한 상평통보는 그 뒤 널리 통용되어 조선 말까지 사용되었다. 평안감영, 전라감영에 명하여 만들게 하였으며, 개인적으로 만드는 일은 금지하였다.

"글씨뿐만이 아닙니다. 제가 내다판 적도 없는 그림을 누가 샀다면서 값을 치르러 온 겁니다."

"어허… 어째서 그런 일이……."

임상옥이 채 입을 닫기도 전에 김정희는 낮은 목소리로 말했다.

"게다가 그 돈이 진짜 돈도 아니었습니다. 가짜 엽전이었습니다."

"예에?"

가짜 엽전이라는 말에 임상옥은 깜짝 놀라 김정희를 바라보았다.

"위폐야 늘 있어 왔던 일이지만, 이번엔 그 정도가 심해 심각한 문제가 되고 있다고 합니다. 대인 어른은 평소 돈을 다루시는 만큼 각별히 조심하십시오."

조곤조곤 얘기하고 있었지만, 김정희의 목소리는 살짝 격앙되어 있었다. 학문과 예술에 대한 열정만큼 정의감 또한 넘치는 김정희였다.

관리들은 부패하고 백성들은 살기 어려워지니 갖가지 범죄가 늘어났다. 나라는 실로 어지러웠다.

'그것이 사실이라면… 흠……'

임상옥은 임상옥대로 생각에 잠겨 있었다.

'위조화폐라… 대체 누가?'

찜찜한 기분이 들었다. 어쩐지 불길한 예감이 온몸을 휘감고 도는 느낌이었다.

다음 날 아침, 임상옥과 김정희는 일찍 집을 나와 의주 변두리에 있는 한 마을로 향했다. 노빈손과 발품이도 그 뒤를 따랐다.

마을의 풍경은 전날의 저잣거리와 사뭇 달랐다. 지나다니는 사람들은 비쩍 마른 데다 활기가 없었고, 논밭은 한눈에 봐도 흉작이었다.

집은 두세 채 걸러 비어 있었다. 노빈손은 고개를 갸웃했다.

"왜 이렇게 폐가가 많지?"

"먹고살 방도가 없어 집을 떠난 것이다."

"아……."

얼마나 살기가 어려우면 살던 집을 버려 두고 떠날까. 상상하기가 어려웠다.

사람이 떠난 지 얼마나 오래됐는지 빈집 마당엔 잡초만이 무성했다. 네 사람은 그 모습을 내려다보며 저마다 침울한 표정으로 생각에 잠겼다.

모두 고개를 든 건, 옆집에서 들려온 한 맺힌 고함소리 때문이었다.

"아이고! 남편은 이미 죽은 지 오랜데 군포를 내라니요!"

"잔말 말고 어서 내놔! 없으면 다른 걸로라도 내!"

관아에서 나온 나졸 한 명이 마당에 주저앉아 있는 노파에게 소리를 질러 대고 있었다.

"발품아, 군포가 뭐야?"

"것도 모르냐? 군 복무를 면제해 주는 대신 내는 베잖아."

"그런데 왜 죽은 사람한테 군포를 거둔다는 거야? 말도 안 되잖아."

노빈손은 이해가 안 된다는 듯 중얼거렸다.

"그뿐이 아니다. 아까처럼 누군가 마을을 떠나 도망가면 그 이웃이 군포를 대신 내야 할 때도 있고, 군대 갈 나이가 아닌 어린아이에게도 부과되기까지 하지."

위조화폐

사적으로 화폐를 만드는 일은 불법이었지만 실제로는 그런 일이 매우 자주 발생하였다. 게다가 그 시절 진짜 화폐와 가짜 화폐를 구별하는 일은 거의 불가능했다. 위조화폐의 폐단을 막는 힘들었다는 말. 결국 개인적으로 만들다가 들키면 사형 등 강력하게 처벌을 하는 식으로 막는 수밖에는 없었다. 하지만 그 방법도 그리 신통치 않았는지 위조화폐를 만드는 일을 조선 중·후기 내내 끊이지 않고 계속되었다.

김정희가 낮게 읊조렸다.

"정말 너무하네!"

노빈손은 흥분했지만, 이미 익숙한 일인 듯 발품이는 그리 크게
놀라지 않는 것 같았다.

"근본적인 것들이 변해야 하느니라. 상공업을 천시하는 태도를
버리고 오히려 장려해서 나라를 부강하게 만들어야 한다. 백성들이
조금이나마 더 잘살 수 있으려면 말이다."

김정희는 실학자 박제가의 제자답게 다른 선비들과 달리 실용적
인 학문을 중시하고 있었다. 옆에 서 있던 임상옥이 김정희의 말을
주의 깊게 들으며 고개를 끄덕였다.

노빈손 일행은 마을을 한 바퀴 돌아 다시 입구 쪽으로 향했다. 동구 밖에는 사람들이 길게 줄을 서 있었다. 저마다 바가지나 항아리를 옆구리에 낀 채였다.

"무슨 일인데 줄이 저렇게 길지?"

"진휼미를 타려고 하는 거야. 흉년에는 곤궁한 백성을 위해 관청에서 쌀을 주거든. 쌀이라고 하긴 좀 그렇지만……."

"정말? 그래도 관청에서 하는 일이 아주 없는 건 아니구나!"

발품이의 말에 흐뭇해하던 노빈손은 사람들이 받아 가는 쌀을 슬쩍 훔쳐보곤 충격을 받았다.

"에엑? 저게 무슨 쌀이야. 모래가 더 많아서 먹지도 못하겠네!"

"조용히 하여라. 우리도 여기서 조반을 먹고 돌아가자꾸나."

삼정의 문란

세금 제도가 변질되어 부정부패로 나타난 현상을 말한다. 토지세인 전정은 관리들이 토지를 실제보다 더 많이 올려 백성들에게 부당한 세금을 거둬들였다. 군정의 문란도 심하여 죽은 사람이나 아이들에게까지 장정들이나 내는 군포를 내게 했다. 환정은 봄철에 농민에게 식량과 씨앗을 빌려주었다가 추수한 뒤에 돌려받는 제도였는데, 관리들의 횡포와 터무니없는 이자로 문제가 가장 심각했다.

"아니, 집에 가면 맛있는 거 많은데 왜 하필 여기서……."

노빈손은 내키지 않았지만, 임상옥이 무섭게 눈을 흘기자 억지로 그 뒤를 따랐다.

네 사람은 다 쓰러져 가는 초가집으로 들어가 값을 치른 뒤, 진휼미로 지어진 밥을 먹었다. 여러 번 씻어 밥을 지었음에도 모래가 남아 있어 입안이 깔끄러웠지만, 노빈손은 숟가락을 놓을 수가 없었다. 임상옥과 김정희가 아무 불평 없이 그 밥을 먹고 있었기 때문이다.

'부족할 것 없는 거상이면서도, 신분 높은 양반이면서도 이렇게 불편함을 무릅쓰고 백성들과 함께하다니······.'

두 사람이 존경스러워진 노빈손은 조용히 모래 섞인 밥알을 씹어 삼켰다.

위기에 처한 임상옥

한대박의 집 내실.

호화로운 화분들 사이로, 한대박과 왕찡상이 마주 앉아 있었다. 방 안은 알 수 없는 긴장감이 돌았다. 조용한 가운데 두 사람이 차를 홀짝이는 소리만 들릴 뿐이었다.

먼저 입을 연 사람은 왕찡상이었다.

"그 일, 잘되고 있나해~?"

"그렇습니다, 왕 대인. 몇 달 전부터 시장에 가짜 엽전을 쭈욱 깔아 놨습죠. 이제 임상옥에게 뒤집어씌우기만 하면 되는 겁니다."

"들키면 큰일 난다해~. 조심해야 한다해~."

왕찡상은 거듭 강조했다.

"안 그래도 제가 믿음직하고 날쌘 놈으로 한 명 구해 놨습죠. 케 케······."

한대박은 낮은 목소리로 속삭인 뒤 야비하게 웃었다.

"나 한대인 믿는다해~."

"그럼요, 걱정 마십시오. 임상옥만 제거된다면 그것은 저한테 돌아오게 되어 있습니다요. 한양에 있는 관리들은 물론이고, 이곳의 수령과 이방까지 다 매수해 두었으니까요."

한대박이 노리는 것은 바로 인삼 무역권이었다.

인삼 무역권은 조정에서 새롭게 내놓은 정책이었다. 이전까지는 세금만 내면 누구나 자유롭게 인삼을 수출할 수 있었지만, 이제 무역권을 주어 단 몇 사람에게만 수출할 수 있도록 하겠다는 것이었다.

'제아무리 인삼왕이라도 인삼 무역권이 없다면 아무것도 할 수 없을 것이다. 조금만 기다려라, 임상옥. 끝장을 내 주마. 케케.'

한대박은 이미 오래전 임상옥을 곤경에 빠뜨리기 위해 계획을 세운 후, 차근차근 진행해 왔다. 부유한 청나라 상인 왕찡상도 그 일을 도왔다. 인삼 무역권만 얻으면 둘이서 인삼 무역 시장을 좌지우지할 생각이었다.

"하오, 하오!"

왕찡상은 터질 것 같은 볼을 씰룩거리며 웃었다. 하지만 속으로는 은근히 한대박을 깔보고 있었다.

'멍청한 조선 상인, 생각보다 쓸모가 좀 있다해~. 계속 이용해 먹기 좋겠다해~.'

평시서가 하는 일

조선시대 시전과 도량형, 물가 등에 관한 일을 관장한 관청. 조선 개국 당시에는 경시서라 하다가 1466년(세조 12년)에 평시서로 명칭을 바꾸었다. 시전에서 쓰는 저울 등의 단위와 물가를 통제하고 상도를 바로잡는 일을 맡아본 곳이다. 각 시전에서 팔 물건의 종류를 정하고, 그것이 시전 이외의 곳에서 판매되는 건 아닌지 감시하는 역할도 하였다.

한대박도 그 속을 모르는 것이 아니었다.

'이 비계덩어리 청나라 놈. 생긴 건 산돼지인데 머리 쓰는 건 교활한 여우라니까. 인삼 무역권만 얻어 봐라! 제깟 놈이 나 아니면 누구한테 인삼을 살 수 있겠어? 결국 내게 머리를 조아리게 되겠지.'

그 또한 겉으로만 왕찡상에게 굽실거렸을 뿐이었던 것이다. 둘은 언제든 서로를 배신할 수 있었다. 이익만으로 뭉친, 믿음이 없는 사이였다.

그렇게 어색한 웃음이 오가고 있을 때, 몸집이 호리호리한 사내 하나가 들어와 한대박 앞에 섰다. 어찌나 몸이 재빠른지 문을 여닫는 소리조차 들리지 않았다.

"이리로 오는 걸 누가 보지는 않았는가?"

"잘 살피면서 왔는데 이상한 기척은 없었습니다."

"임상옥이 상단 일을 하느라 집에 잘 들어가지 않는 것 같으니, 지금이 기회다. 만일 들키면 땡전 한 푼도 못 받을 줄 알아라."

"명심하겠습니다."

사내는 조용하고도 확신에 찬 어투로 대답했다.

"조선 자객, 영 불안하다해~."

왕찡상이 의심 가득한 눈빛으로 사내를 훑어보았지만, 사내의 표정은 한 치의 흔들림도 없었다.

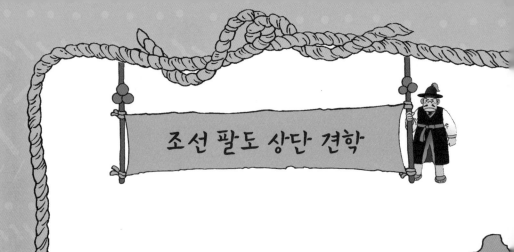

조선 팔도 상단 견학

조선 후기에는 시전상인이나 공인, 보부상처럼 정부의 허가를 받아 장사를 하는 상인들보다도 개인적으로 상업 활동을 펼친 상인 집단(사상)의 활동이 두드러졌어. 특히 각 지역마다 특정한 물품들을 취급하거나 외국과 무역하면서 큰 규모로 성장한 상단들이 있지. 한번 살펴볼까?

만상
인삼·은
포목·자기

• 의주

평양

유상

개성

송상
인삼·은

한양

강상
쌀

빨랑 와!

헉, 헉!

동래

내상
인삼·서적
쌀

한양에서 활동하는 상인, 강상

경강은 서울 남쪽의 한강을 말하지.
경강 일대인 용산, 마포, 서강, 송파진
등을 근거지로 하여 장사를 하는 사람들을

경강상인 혹은 강상이라고 불러.

처음에는 한강에서 물건을 건네 주는 일을 하다가 주막을 경영하면서 점차 물품을 판매하는 일도 하기 시작했어. 지방 특산물의 판매를 통해 큰 상인으로 성장하게 되었지.

한강이야말로 조선에서 가장 많은 물품들이 모이는 교통의 요지야. 그래서 특정한 물건을 대량으로 사들였다가 그 물건이 부족해져서 값이 오르면 그때 팔곤 했지.

이들은 미곡(쌀·곡류)·소금·목재·어물 등을 취급했어. 특히 쌀을 중요시했지. 한양에 사는 사람들 대부분은 생산자라기보다는 소비 계층이었거든. 각종 곡식들이 가장 많이 팔리는 곳이 바로 한양이었어.

조선 후기로 갈수록 이들은 더 많은 일을 하게 됐어. 세금으로 궁궐에 보내지는 곡식도 운반했지. 전국을 오가는 데 필요한 배와 뛰어난 항해술까지 갖추었거든.

선박으로 미곡 1천 석을 나를 수 있었으니, 대단하지?

개성에서 활동하는 상인, 송상

송상들은 다른 상인들보다 더 오랜 역사를 자랑하지.

개성 근처 예성강 입구의 벽란도는 고려시대부터 국제 무역항의 구실을 했어. 중국의 송나라와 왜나라는 물론이고 아라비아의 다지국(多食國) 상인들도 빈번히 왕래했던 상업 도시가 바로 개성이지.

고려시대부터 활발히 활동하던 개성상인들은 조선이 세워지면서 민간 상인에 의한 무역이 금지되는 바람에 큰 타격을 받았어. 하지만 전국 상업계를 연결하는 조직과 근면성실함, 그리고 높은 지식 수준을 바탕으로 결국 다시 일어섰지!

개성상인 중엔 소외당한 고려시대의 사대부 계층과 지식인이 많았는데, 이들의 지식은 상업의 합리적 경영과 상술을 개발해 나가는 데 큰 힘이 되었단다. 이들은 상권을 전국적으로 확대하고 조직화하여 송방이라는 지점을 전국 주요 상업 중심지에 설치했어. 그리고 지점장 격인 차인을 파견하여 지방 생산품을 수집하고 팔았어. 송방 또는 개성상인이라는 명칭은 이때부터 알려진 거야.

송방이라는 특수한 조직을 운영할 수 있었던 건 바로 남다른 단결력과 의리 덕분이지. 그다음 요소는 바로 신용이었어. 송방의 어음(돈을 주기로 약속한 표)은 산골 오지의 객주와 여각에게도 통했으니 말이야.

개성상인들에게서 결코 뗄 수 없는 물품은 바로 인삼이야. 이들은 18세기부터 인삼을 일본에 수출하여 은과 교환하고 그 은을 다시 청나라에 수출하여 큰 이익을 남겼어. 그리고 그 돈으로 인삼을 재배하고 가공하는 데에 투자했던 거야. 인삼은 송상에게 생명과 다름없었지.

의주에서 활동하는 상인, 만상

만상에 대해 알려면 우선 조선시대에 외국과의 무역이 어떻게 이루어졌는지부터 이해해야 해.

조선시대에는 철저한 쇄국주의 정책을 폈어. 일반 상인에 의한 외국 무역은 당연히 허락되지 않았지. 중국과의 무역은 사신들이 오가며 물품을 거래하는 사신무역, 특히 역관무역이 중심을 이루었어. 그러다가 임진왜란 중 식량을 확보하려고 중국과의 사이에 처음으로 의주의 중강을 중심으로 시장을 연 거야. 이걸 중강개시라고 해.

중강개시는 두 나라의 사정에 따라 폐지된 적도 있지만 중강 이외에 회령, 경원 등에서도 열렸고, 참가하는 상인과 교역 상품도 많았어. 하지만 두 나라 정부의 통제를 받기 때문에 갖가지 제약이 많아, 점차 두 나라 상인 사이에 공식적인 무역보다는 자유무역이 성행하게 되었지. 이른바 후시무역이라고 해. 국가에서 통제하는 무역은 개시, 상인들끼리 직접 거래를 하는 무역은 후시이지.

의주상인인 만상은 몰래 사신 일행에 끼어 만주의 책문 지역에 가서 청나라 상인인 요동의 차호와 무역을 하기 시작했어. 이게 바로 책문후시지. 책문후시가 활발해지면서 국경도 시이자 중국의 관문인 의주가 청나라와 의 무역의 중심지가 되었어. 만상은 이 대청 무역의 최대 상인이 되었고.

엣헴!
나를 따라서
조선 팔도의 상권을
꽉 잡아
보라고!

이들은 특히 은과 인삼을 많이 취급했어. 개성상인이 독점적으로 산 인삼을 동래상인을 통해 일본의 은과 바꾸면, 그 은을 가지고 만상들이 중국 무역을 하는 식이었지. 개성상인이 중심이 되어 동래상인과 의주상인으로 연결되는 일종의 국제 중개무역이 발달한 거야.

　정부는 자유무역을 단속하려고 했지만, 효과를 거두지 못했어. 결국 정부는 1754년(영조 30년) 만상에게만 책문에서의 무역을 허용했지. 그리하여 만상의 대청 무역은 개항에 이르기까지 쭈욱 계속되었단 말씀!

동래에서 활동하는 상인, 내상

　동래는 부산의 옛 이름이야. 동래에서 활동하던 내상들은 무역으로 부를 축적해 갔지. 이들은 가까운 일본의 상인들과 거래를 했어.

　임진왜란 후 도요토미 히데요시의 뒤를 이어 정권을 장악한 일본의 도쿠가와 정부는 외교 사절을 빈번히 보내어 조선과 사이좋게 지내고 싶다는 뜻을 밝혔어. 이에 따라 1603년(선조 36년) 정부는 부산포에 왜관을 설치하고 왜관개시를 시행했지. 여기에 종사한 상인들이 바로 내상이란다.

평양에서 활동하는 상인, 유상

　유상은 국내뿐 아니라 청나라와의 무역에도 힘썼어. 만상이나 송상만큼 규모가 크지는 않지만 평양을 근거지로 활발한 상업 활동을 했지.

　그런데 왜 유상이냐고? 조선시대엔 평양이 '유경(柳京)'이라는 별칭으로 불리기도 했거든. 평양에 버드나무가 많다고 하여 버드나무 유(柳) 자를 쓴 거지.

억울한 누명

 아무것도 모르는 임상옥은 밤새 골라낸 가짜 엽전들을 가지고 관아로 향했다. 김정희의 말을 듣고 상단에 들어온 돈을 확인해 본 결과, 그 역시 많은 가짜 엽전들을 찾아냈던 것이다.

 금속을 조금이나마 적게 사용하기 위해 두께를 줄이고, 가운데 있는 구멍을 더 크게 뚫는 등 가짜 엽전은 다양한 방법으로 만들어지고 있었다.

 위조화폐를 신고하러 왔다는 얘기에 수령은 직접 임상옥을 보겠다고 나섰다.

 "그래, 위조화폐가 있다고?"

 "그러하옵니다. 장부를 정리하면서 돈 계산을 하다가 이상한 엽전들을 발견했기에 가져왔습니다."

 "그 엽전을 그대가 만든 것은 아니고?"

 수령은 갑자기 임상옥을 심문하기 시작했다. 임상옥은 크게 놀라 넙죽 엎드리며 말했다.

 "예? 그럴 리가 있겠습니까? 저는 위조화폐를 발견해서 신고하러 온 것뿐입니다."

 "네가 만든 후에, 그걸 숨기려고 일부러 신

조선시대 공무원의 직책

관찰사는 조선시대 각 도의 으뜸 벼슬로, 그 지방의 행정상 절대적인 권한을 가진 종2품 벼슬이다. 수령은 각 고을을 맡아 다스리던 지방관 즉, 절도사·관찰사·군수·현감·현령 따위를 통틀어 이른다. 사령은 각 관아에서 심부름하던 사람이며, 아전은 중앙과 지방 관아의 벼슬아치 밑에서 일을 보던 사람이다.

고를 하러 온 것이 아니더냐?"

"아닙니다! 절대로 아닙니다!"

임상옥은 계속해서 부인했지만 통하지 않았다. 수령은 이미 한대박의 뇌물을 받은 후였던 것이다.

'안 그래도 오늘 집을 수색한 뒤 죄를 물으려 했는데, 저놈이 제 발로 먼저 찾아왔구나. 크크……'

수령은 뜻밖의 상황에 당황해하는 임상옥을 먹잇감 보듯 내려다보았다.

"여봐라! 우선 이자를 도망가지 못하도록 옥에 가두어라! 위조화폐 문제가 심각한 상황이니만큼 내 이번 일을 자세히 조사해 볼 것이니라!"

"이… 이게 무슨, 나으리! 소인은 죄가 없습니다!"

임상옥은 억울함을 호소했으나 수령은 들은 척도 하지 않았다.

"여봐라, 저놈의 집을 샅샅이 뒤져서 수상한 것이 조금이라도 있으면 가져오너라."

수령의 명령에 사령은 관졸들을 이끌고 쏜살같이 임상옥의 집으로 달려갔다.

쾅! 쾅쾅!

"어서 문을 열어라!"

"음냐음냐. 누가 이렇게 고함을 치는 거야?"

늘어지게 잠을 자고 있던 노빈손은 투덜대며 대문을 열었다가 놀라서 나자빠졌다. 관졸들을 몰고 온 덩치 큰 사령이 눈을 부라리고 서 있었기 때문이다.

"무슨 일이세요? 저 이제 마사지 관리사 안 해요!"

사령은 노빈손을 쳐다보지도 않고 외쳤다.

"이 집 안을 한 군데도 빠짐없이 모조리 뒤져라!"

사령의 명령이 떨어지자 눈을 부라리며 서 있던 관졸들은 제각기 집 안 이곳저곳으로 흩어졌다. 사랑채와 안채는 물론이고 외양간, 곳간까지 닥치는 대로 문을 부수고 들어가는 통에 임상옥의 집에 있던 하인들이 모두 놀라 마당으로 뛰어나왔다.

감옥의 3종 형벌 세트

사극에서 옥에 갇힌 죄인이 목에 큰 나무판을 걸고 있는 것을 본 적이 있을 것이다. 우리말로는 '칼'이라고 부르고, 한자로는 '가 (枷)'라고 쓴다. 크고 무거운 나무판을 목에 채우면 도망가지 못할 뿐 아니라 일어나거나 눕지 못했다. 죄가 무거운 죄인은 칼도 더 크고 무거운 것을 찼다. 그리고 죄가 아주 큰 죄인은 칼 외에 손에 채우는 수갑인 '축', 발에 채우는 족쇄인 '차꼬'도 같이 해야만 했다. 감옥 3종 세트였던 셈. 그러나 축과 차꼬는 죄인이라도 부녀자와 노인, 어린이에게는 채우지 않았다고 한다.

잠시 후, 관졸 하나가 작은 상자를 들고 뛰어왔다.

"임상옥의 방에서 이걸 찾아냈습니다!"

한대박의 사주를 받은 사내가 임상옥이 없는 틈에 몰래 숨겨 놓았던 바로 그 상자였다. 사령은 상자를 열어 무언가 꼼꼼히 확인하는 눈치였다.

"주인도 없는 집을 막 함부로 뒤져도 되는 거예요?"

마당에 엎드려 벌벌 떨고 있는 하인들 옆에서 노빈손이 당돌하게 외쳤다. 사령은 그런 노빈손을 보며 코웃음을 쳤다.

"너는 임상옥 밑에 있는 놈이렷다? 네놈도

혐의가 있을 것이다! 여봐라! 이 녀석을 당장 끌고 가라!"

"어엇! 잠깐만요! 그건 오해예요! 전 그저 선량한 상인……."

나졸들은 발버둥치는 노빈손을 묶었다. 억울하다고 소리를 질러 봤자 아무 소용 없었다. 노빈손은 졸지에 관아로 끌려가게 되었다.

"대방니임!"

"아니, 빈손이 네가 어찌하여 여기에?"

관아 마당 한가운데 앉아 있던 임상옥은 노빈손을 보고 깜짝 놀랐다. 하지만 무언가 얘기할 틈도 없이 두 사람은 다시 형틀에 묶였다.

사령에게서 상자를 건네받은 수령은 다짜고짜 소리를 질렀다.

"이래도 네 죄를 부인할 것이냐!"

수령이 마당에 상자를 던졌다. 상자 뚜껑이 열리면서 그 안에 있던 비단 두루마리가 굴러 나왔다. 관졸들이 재빨리 그것을 주워 임상옥의 눈앞에 펼쳐 보였다.

'저게 다 뭐지? 무슨 화학 공식 같기도 하고……'

노빈손은 두루마리에 써 있는 내용을 보고도 대체 그게 뭔지 알 수가 없었다.

두루마리엔 위조화폐를 만드는 방법이 적혀 있었다. 구리와 주석을 섞는 비율, 다른 재료들로 진짜 엽전과 비슷한 색을 내는 법, 재료를 아끼는 법 등 그 내용이 매우 세밀하고 다양했다.

"이건 제 것이 아니옵니다!"

"네 방에서 나왔는데도 네 것이 아니란 말이냐? 어디서 함부로 거짓부렁을 하는 것이냐!"

자기 집에서 나온 물건이라는 말에 임상옥은 깜짝 놀랐다. 어째서 그것이 자기 집에 있는지 알 수가 없는 노릇이었다.

수령의 입꼬리가 저절로 올라갔다. 걸려들었구나, 하는 표정이었다.

"그, 그럴 리가 없사옵니다! 저는 모르는 일이옵니다!"

임상옥이 다시 부인하자, 수령이 이번에는 노빈손을 향해 물었다.

"그래? 그렇다면 네놈이 대신 불어라! 임상옥이 네게 뭘 하라고 시키더냐? 위조화폐를 시장에 뿌리라 하였더냐?"

"위조화폐라니요? 전 들어 본 적도 없어요!"

노빈손은 억울했다. 하지만 그 말을 들은 수령은 버럭 고함을 질렀다.

"네놈들이 아직도 정신을 못 차렸구나! 고문이 얼마나 무서운지 굳이 맛을 봐야 알겠느냐?"

"나리! 이 아이는 아무것도 모릅니다. 그저 집에서 잔심부름이나 하는 천한 놈일 뿐입니다."

'대, 대방님……'

노빈손은 눈물이 그렁그렁 맺힌 채 임상옥을 쳐다보았다. 임상옥은 모든 것을 혼자 감당해 내려 했던 것이다.

"그 말이 사실이더냐?"

"이 아이 얼굴을 보십시오. 이런 아이가 뭘 알겠습니까? 허드렛일이나 시키며 거두고 있는 불쌍한 아이입니다."

헐, 감싸 주시려는 건 감사하지만, 하필이면 그런 식으로…….

노빈손은 약간 서운했지만, 임상옥이 말한 대로 최대한 백치의 표정을 지어 보였다.

"흠, 침 흘리는 걸 보니 확실히 좀 모자라 보이는군. 좋다. 저 녀석은 풀어 주거라!"

노빈손은 간신히 풀려났지만, 홀로 남은 임

상평통보의 모양

상평통보는 둥근 엽전 모양으로, 가운데에 정사각형의 구멍이 뚫려 있다. 앞면에는 구멍을 둘러싸고 상하좌우에 '상평통보(常平通寶)'라는 한자를 한 자씩 찍었다. 뒷면의 구멍 위에는 만든 관청의 이름을 새겼다.

상옥은 모진 매를 맞아야 했다.

"여봐라! 저놈이 이실직고할 때까지 매우 쳐라!"

"으어어억!"

형리들은 커다란 몽둥이로 임상옥의 몸 구석구석을 사정없이 내렸다. 임상옥이 고통에 못 이겨 혼절을 하면 차가운 물을 얼굴에 끼얹었다. 그 과정이 수차례 반복되었다.

'이 무슨 일인가! 이것이 정말 꿈이 아닌 현실이란 말인가!'

임상옥은 자신의 신세가 한탄스러웠다. 푹 꺼진 임상옥의 뺨 위로 뜨거운 눈물이 흘러내렸다.

 ## 대방님을 구해야 해!

"아니, 성품도 온화하고 가난한 사람들에게 늘 베푸시는 분이 그런 짓을 했다니 믿기지가 않는구먼."

"쯧쯧. 세상에 믿을 사람 하나 없다더니만."

사람들이 쑥덕거리는 소리를 들으며 발품이는 가슴을 쳤다.

"대방 어르신이 그러셨을 리 없어! 누명을 쓰신 게 분명하다구."

의주상단은 며칠째 마비 상태였다. 상단의 어마어마한 재산은 고스란히 압수될 위기였다.

도방과 행수들이 모여 대책을 논의하였지만 좋은 방법이 나오질 않았다.

"어떻게든 대방님을 감옥에서 빼내어야 합니다."

"그걸 누가 모르오? 방법이 없는 게 문제 아닙니까."

"우리 상단이 풍비박산 나는 것은 시간문제요. 정말 대방님께서 위조화폐를 만드신 거라면 한 달 안에 사형이 언도될 것이오."

곁에서 듣고만 있던 노빈손은 사형이라는 말에 깜짝 놀랐다. 노빈손 옆에 있던 발품이가 벌떡 일어나 씩씩거렸다.

"함부로 말하지 마세요! 대방 어르신은 절대 위조화폐를 만들지 않았어요! 그러니 그런 끔찍한 벌도 받지 않으실 거라구요!"

"어허, 이놈이……!"

"대방 어르신은 제가 구해 드릴 거예요! 꼭 구할 거라구요!"

발품이는 문을 박차고 뛰쳐나갔다. 도방과 행수들은 아무 말도 하지 못한 채 서로의 시선을 피할 뿐이었다.

노빈손은 발품이를 따라 나왔다. 발품이는 인삼을 쌓아 두는 창고 한구석에 앉아 어깨를 들썩이며 울고 있었다.

"너 설마 우는 거야? 사나이는 딱 세 번만 우는 거라며!"

분위기를 바꿔 보려고 농담을 던져 보았지만, 발품이는 눈물을 멈추지 않았다.

"흐흑…, 대방 어르신은 나한테 부모님이

힘겨운 귀양살이

조선시대 정치적 이해 대립의 소용돌이 속에서 세력을 잃고 유배된 관리 중에는 학문이나 사상적으로 걸출한 인물들이 많았다. 이들은 귀양살이하면서 유배지에 영향을 미쳐 그곳에 독특한 유배 문화를 남기기도 했다. 유배형 중에는 왕족이나 고위 관료들에 한해 유배 지역 내의 일정한 장소를 지정하고 그곳에 머물게 하는 '안치'와, 주위에 가시가 있는 탱자나무를 심어 밖에 나오지 못하도록 한 '위리안치'도 있었다.

나 마찬가지야. 고아인 날 거둬 주신 분이란 말이야."

늘 남자다운 척하지만 사실 마음이 여린 발품이였다.

발품이를 보고 있는 노빈손의 마음도 갑갑했다. 어떻게 해야 임상옥의 누명을 벗길 수 있을지 알 수가 없었다.

"움직여야겠어."

주먹으로 눈물을 훔치고 벌떡 일어난 발품이가 무언가 큰 결심을 한 듯 중얼거렸다.

"어떻게? 무슨 수라도 있는 거야?"

"김정희 어르신을 찾아가 보자."

"김정희 어르신?"

"응, 어르신은 우리 대방님을 구해 낼 방법을 알고 계실 거야."

발품이와 노빈손은 김정희를 찾아 나섰다. 김정희라면 임상옥을 믿어 줄 것이었다. 한솥밥을 먹던 상단 사람들까지 모두 외면했지만, 김정희만은 임상옥을 끝까지 믿어 줄 거라 생각했다. 그리고 임상옥의 누명을 벗기는 데 큰 힘이 되어 줄 것이었다.

김정희가 머물고 있다는 주막을 찾아가자, 주모가 말했다.

"아, 그 양반 어제 아침에 평양에 급히 볼 일이 있다고 떠나셨는데……."

조선시대 주요 법전

『경국대전』은 세조 때 만들기 시작해 성종 때 반포된 조선 최초의 통일 법전으로, 조선 왕조 500년 동안의 기본 통치 규범이라고 할 수 있다. 그 후 영조는 『경국대전』의 내용을 보충하고 새로 만든 법을 수록해 『속대전』을 편찬하게 했으며, 정조 때에 이르러 『대전통편』이 편찬되었다. 정조는 기존의 가혹한 형벌을 없애고 백성들의 법률적 지위를 높이기 위해 애썼다. 조선시대 마지막 통일 법전은 고종 때에 편찬된 『대전회통』으로 조선시대의 법전을 총정리한 것이라 할 수 있다.

털썩!

발품이는 땅바닥에 주저앉고 말았다. 노빈손이 물었다.

"그럼 이제 어떡하지?"

"어떡하긴 뭘 어떡해! 평양에 가야지!"

"설… 마? 농담… 이지?"

"가기 싫으면 넌 있어. 나 혼자서라도 갈 거니까."

"그럴래? 그럼 난 좀 더 현명한 다른 방법을 생각해 보도록 할 게."

노빈손이 너무나 쉽게 자신의 말을 받아들이자 발품이는 당황한 나머지 횡설수설하기 시작했다.

"그, 그래. 우리의 우정이 이 정도밖에 되지 않았다니 좀 의외이긴 하다. 그래도 넌 진정한 사나이 중의 한 명이라 믿었는데. 나중에 어르신이 아시면 너한테 좀 서운해하지 않을까 싶기도 하고. 물론 내가 이런 얘길 대방 어르신께 하겠다는 건 아니지만……."

'차라리 같이 가자고 하지. 뒤끝 있긴.'

노빈손은 울며 겨자 먹기로 발품이와 함께하겠노라 약속했다.

평양으로

"헥… 헥… 이거 걸어도 걸어도 끝이 안 보이네. 발품아, 도대체 얼마나 더 가야 하는 거야?"

노빈손은 숨이 차서 말도 잘 안 나올 지경이었다.

"사나이가 요만큼 걸었다고 징징대긴. 평양까지 가려면 족히 2주 일은 더 걸어야 해."

"허걱! 2주일? KTX로는 2시간이면 갈 거리를……."

발품이의 말에 노빈손의 얼굴이 흙빛으로 변했다.

"그런데 김정희 어르신은 왜 갑자기 평양에 가신 걸까?"

"글쎄, 평양은 지금 한창 추수철일 텐데. 무슨 볼일로 가신 걸까?"

"만나서 여쭤 보면 되지. 좀 더 부지런히 걸어야 해. 날이 어두워지기 전에 마을로 내려가서 하루 묵어야지."

발품이는 지치지도 않는지 빠른 걸음으로 앞장섰다.

산길은 점점 가팔라지지, 발품이는 쉬자는 말도 없지, 노빈손은 죽을 맛이었다. 걷다 쉬다 안 되면 거의 기다시피 하며 발품이를 따라가야 했다.

흉년의 비극

가뭄 같은 자연재해로 기근과 전염병이 심해지면 굶어 죽는 사람들이 속출했다. 굶주림에 시달리던 농민들은 각종 세금에서 벗어나기 위해 도망을 갔고, 구걸에 나선 사람들도 결국은 가족을 길에 버리거나 타인에게 돈을 받고 노비로 팔았다. 심지어 숙종 때 사람을 잡아먹는 상황이 발생하기도 했다.

얼마나 지났을까? 노빈손은 다급하게 발품이를 불러세웠다.

"바… 발품아! 나 신호 왔어. 근처에서 해결하게 망 좀 봐……!"

"또 설사야? 하루 동안 먹으려고 싸 온 주먹밥을 한 번에 다 먹더니 내 그럴 줄 알았다. 으휴."

노빈손은 풀숲 사이에 바지를 까고 앉아 아랫배에 힘을 모았다.

"너도밤나무 잎이 좋을까? 아냐, 너무 뻣뻣해 보여. 저걸로 닦았다간 피가 날지도 몰라. 그럼 오동나무 잎?"

휴지로 쓸 것을 찾기 위해 두리번거리던 노빈손의 눈에 엠보싱 화장지처럼 부드럽고 보송보송해 보이는 나뭇잎 한 장이 들어왔다. 그걸 따서 깔끔하게 마무리를 하는 순간, 난데없이 커다란 웃음소리가 들려왔다.

"크핫핫핫핫핫!"

웃는 소리가 어찌나 큰지 숲 속에 쩌렁쩌렁 울렸다. 얼굴을 뒤덮은 수염에 가죽옷, 험악한 인상. 노빈손과 발품이 앞에 선 남자는 산적이 틀림없었다. 두목으로 보이는 남자의 웃음소리를 신호로 해 숲 저쪽에서부터 하나둘씩 부하들이 고개를 내밀었다.

불현듯 산에서 맹수나 산적 떼를 만나 죽을 뻔했다는 보부상들의 이야기가 떠올랐다.

'내가 이럴 줄 알았다니까. 뭐든 쉽게 넘어가는 법이 없어요.'

노빈손은 쭈그려 앉은 채 벌벌 떨었다.

"엇! 예, 예전에 내 돈을 몽땅 다 빼앗아 갔던 그 산적들이잖아?"

발품이는 얼어 버린 듯 꼼짝하지 않은 채 중얼거렸다.

"우리는 이 산을 누비는 외로운 짐승, 백호파다! 우리한테 걸리다
니 네놈들은 정말 운이 나쁘…흡! 이게 무슨 냄새야!"

코를 감싸 쥔 채 소리를 지르던 산적 두목은 김이 모락모락 나는
노빈손의 대변을 보고야 말았다. 그는 부하들을 향해 신경질적으로
외쳤다.

"우웩! 얘들아, 이놈들을 붙잡아 저쪽으로 옮겨라! 여기 못 있겠
다. 얼른!"

멀찍이 떨어진 곳에 도착하고 나서야 산적 두목은 평정심을 되찾은 것 같았다.

"내가 비위가 좀 약해서. 이거 체면이 말이 아니로군."

산적 두목의 귀가 부끄러움에 벌겋게 달아올랐다. 의외로 수줍은 성격인 것 같았다.

"아무튼 내가 아까 하려던 말을 해야지. 흠흠. 가진 것 다 내놔!"

목소리가 얼마나 큰지 숲 속에 쩌렁쩌렁 울렸다.

"지난번에도 제 돈 다 가져 가셨잖아요. 그때 머물고 있던 주막에 돈을 못 내서 감옥까지 다녀왔는데……."

산적 두목은 부리부리한 눈으로 거의 울음을 터뜨릴 것 같은 발품이의 얼굴을 훑어보았다.

"하하핫! 어째 낯이 익다 했더니만. 더럽게 운이 없는 놈이로구나! 다 네 팔자다. 어서 돈 내놔!"

"저…저희 가진 거 없어요. 살려 주세요."

발품이는 사시나무 떨듯 떨며 산적 두목에게 사정했다.

"먼 길 가면서 노잣돈도 없단 말이야? 지금 장난하나?"

"뒤져서 나오면 한 푼에 백 대다!"

다른 산적들이 눈을 부라리며 위협했다.

"두목님! 애가요, 전직 심마니걸랑요? 산을 무지하게 잘 타요! 저희가 가진 돈은 없지

계속되는 가뭄은 임금 탓

옛날 사람들은 자연재해를 통치자가 부덕한 탓에 발생하는 것이라고 여겼다. 따라서 재해가 연이어 발생하면 백성들의 지배층에 대한 불만 또한 늘었다. 이에 지배 계층은 세금을 줄여 주거나 납부를 연기시켜 주어 민심을 달래고, 당장 굶어 죽어가는 백성에게 죽을 끓여 주거나 식량을 나눠 주어 안정시키려고 했다.

만, 얘가 약초라도 캐서 드리면 어떻게 안 될까요?"

노빈손은 발품이를 가리키며 애원하듯 말했지만, 산적들은 콧방귀만 뀌었다.

"심마니? 동네 뒷산도 못 탈 것처럼 생긴 놈들이 어디서 허튼 수작이야!"

산적들이 킥킥거리며 노빈손과 발품이를 둘러싸더니 거리를 점점 좁혀 오기 시작했다. 둘은 독 안에 든 쥐나 마찬가지였다.

'하나님! 부처님! 산신령님… 울트라맨……!'

노빈손은 무릎을 꿇은 채 떠오르는 이름을 모조리 마음속으로 불러 댔다.

"잠깐!"

킥킥대며 둘에게 달려드는 산적들을 멈춰 세운 건, 다름 아닌 산적 두목이었다.

"네 녀석이 정말 심마니라면, 병도 고칠 수 있나?"

"예? 무, 무슨? 아니 심마니가 약초 캐는 사람이지, 병 고치는 사람은 아닌데……."

"뭐라고? 그럼 이놈들을 당장!"

"아, 아닙니다. 약초에 대한 효능을 꿰고 있으니, 어떤 병이든 효과 좋은 약초쯤은 잘 알고 있지요."

순간 멍해져서 아무 말도 못하는 발품이 대신 노빈손이 잽싸게 말했다. 뒷일은 나중에 생각하고 볼 일이었다. 일단 사는 게 급선무였다.

"정말이지?"

"그럼요! 잘 알죠! 무엇이든 물어만 보세요!"

하지만 산적 두목은 발끈이 대신 부하 한 명을 불러 무언가를 지시했다. 그 부하는 어딘가로 사라지더니, 잠시 후 한 아이를 데리고 나타났다. 한눈에 봐도 병약해 보이는 소년이었다.

산적들의 눈물

"내 아들 녀석이다. 희귀한 병을 앓고 있는데 갈수록 심해지고만 있지."

산적 두목은 나직하게 말했다. 험상궂게만 보이던 그의 얼굴에 우울한 그늘이 졌다.

소년의 눈두덩은 심하게 부어 있었으며 붉은빛을 띠었다. 게다가 반쯤 감긴 두 눈에서는 끊임없이 눈물이 흘러나오고 있었다.

"계속 눈물만 흘리고 있으니. 이 아이를 위해 별별 방법을 다 써 보았지만, 소용이 없었다. 게다가 요즘은 잘 보이지도 않는다고 한다. 병이 차도가 있다면 네놈들을 풀어 주겠다."

주전골 전설을 아시나요

강원도 설악산 남쪽의 주전골에는 승려를 가장한 도둑들이 동굴에 숨어 몰래 가짜 엽전을 만들었다는 전설이 전해 내려온다. 2006년 집중호우 때 폭우로 나무들이 뿌리째 뽑혀 쓸려 나가면서 주전골 근처에 동굴이 드러났는데, 당시 근처 마을 주민들은 '전설로 전해 내려오던 동굴을 찾았다'며 흥분했다. 급기야 부근에서 상평통보 모양의 엽전 29개가 발견되자 사람들은 조선시대의 위조화폐가 아닐까 기대했지만 엽전은 중국에서 만든 조악한 관광 상품이며, 무속인들이 이를 계곡에 뿌린 것이라는 감정 결과가 나와 결국 해프닝으로 끝나고 말았다.

노빈손과 발품이는 눈을 끔벅거리며 서로의 얼굴을 쳐다보았다.

"휴, 무슨 병인지 알지도 못하는데 무슨 수로 고친담?"

발품이의 목소리는 절망적이었다.

노빈손도 어리둥절하긴 마찬가지였다. 웃지 않는 공주의 전설은 들어 봤어도, 눈물만 흘리는 소년이라니 대체 무슨 일인지 알 수가 없었다. 노빈손은 흐르는 눈물을 소매로 훔치고 있는 소년을 측은하게 바라보았다.

"혹시?"

갑작스런 외침에 발품이와 산적 두목, 나머지 산적들의 시선이 모조리 노빈손에게로 향했다.

전염병의 공포

16세기부터 18세기까지 세계는 갖가지 전염병으로 들썩였고, 조선도 예외는 아니었다. 조선시대 때는 전염병을 '역병' 혹은 '괴질'이라 불렀는데, 특히 '호열자(콜레라)'와 '두창(천연두)'이 기승을 부려 많은 사람의 목숨을 앗아갔다. 때문에 효종은 전염병의 특성과 방제법 연구를 지시하여 『벽온신방』이라는 책으로 만들었다. 이 책은 음식 조리법 등 전염병을 막는 방법에 대해 일반 백성들이 쉽게 이해할 수 있도록 한글 언해를 붙여 설명해 놓은 책이다.

"제가 저 아이의 눈을 좀 봐도 될까요?"

당돌한 노빈손의 말에 산적 하나가 대뜸 화를 냈다.

"이놈이, 넌 심마니도 아닌 주제에 감히 뭘 보겠다는 거야?"

그러자 지푸라기라도 잡는 심정인 산적 두목은 부하의 말을 막았다.

"아니다. 저놈이 생긴 것과 달리 뭔가 아는 게 있을지도 모르니 내버려 두어라."

두목의 말에 노빈손은 아이에게 다가가 조심스레 아이의 눈을 살폈다. 과연 노빈손이 예상한 대로 아이의 속눈썹이 눈 안쪽을 향해

자라고 있었다. 그 때문에 아이는 계속해서 통증을 느끼며 눈물을 흘렸던 것이다.

"예전에 말숙이도 이런 적이 있었어!"

"응? 말숙이? 말숙이가 누구야?"

"아, 예전에 사귀었던, 아니 뭐 지금도 사귄다고 할 수 있나, 아무튼 내 여자 친군데 걔도 이런 적이 있었어. 눈이 퉁퉁 붓고 계속 눈물만 흘리고. 아무튼 그때 말숙이 병명이 뭐라더라……."

노빈손은 기억을 더듬었다.

"첩… 첩모, 첩모… 난생증? 그래! 첩모난생증이랬어."

"응? 그게 뭐야? 처음 들어 보는 병인데?"

발품이도 머리를 갸웃거리고, 산적들도 자기들끼리 웅성거렸다.

첩모난생증은 현대에선 심각한 병이 아니다. 하지만 조선시대 산속의 산적들에겐 끊임없이 눈물을 흘리는 희귀병으로 보일 만도 했다.

"이건 보통 사람들과 달리 속눈썹이 안으로 자라서 자꾸 눈 안을 찌르는 병이에요. 이대로 두면 영영 앞을 못 보게 될 수도 있어요."

노빈손은 심각하다는 듯 고개를 저으며 연기를 했다.

"첩… 뭐? 그렇다면 이 아이가 장님이 된다는 말이냐?"

노빈손의 진지한 표정에 깜빡 속아 넘어간 산적 두목은 깜짝 놀라 물었다. 다른 이들은 노빈손의 말을 반신반의하는 눈치였다.

"뭐, 너무 걱정하실 건 없어요. 먼 미래에도 이 병이 흔한데 말이죠. 제 친구 말숙이는 눈살을 조금 잘라 내는 수술을 해서 간단하게 고쳤걸랑요? 여기선 다른 방법을 써야 하지만요."

노빈손은 자기도 모르게 마구 떠들어 대고 있었다.

"뭐라고? 살을 잘라 내야 한다고?"

강해 보였던 두목도 자식이 살을 잘라 내야 된다는 소리를 듣고는 다리에 힘이 풀렸는지 휘청거렸다.

한 산적이 나서서 노빈손 앞에 섰다.

"두목! 미래가 어쩌고저쩌고 하는 놈의 말을 믿을 겁니까? 아무리 봐도 정신이 이상한 놈이라니까요."

아뿔싸! 내가 너무 오버했나?

노빈손은 순간 후회했지만, 이미 한 말을 주워 담을 수는 없었다. 옆에 있던 발품이가 "그놈의 입방정!" 하고 중얼거리며 얼굴을 찌푸렸다.

다행히 산적 두목은 부하들의 만류에도 불구하고 노빈손의 말을 귀담아 듣고 있었다. 그만큼 절박한 마음이었던 것이다. 하지만 귀하디 귀한 아들의 살을 잘라 내야 하는 것만큼은 쉽게 받아들일 수 없었다.

"아무튼 수술을 해야 하니까 가위랑 족집게 좀 갖다 주세요."

"가위라고? 이 썩은 불가사리 같은 놈! 내 아들을 죽일 셈이냐?"

가위라는 말에 갑자기 산적 두목이 길길이

첩모난생증

속눈썹이 굽어 있거나 안쪽을 향해 나서 안구를 찌르는 병을 말한다. 첩모난생증이 있으면 각막에 상처가 나고 눈물이 흐르기도 하며, 장기간 방치하면 각막 혼탁으로 인한 시력 장애가 생기기도 한다. 안쪽으로 난 눈썹을 제거하면 치료가 되지만, 다시 자라면서 재발하는 경우가 많기 때문에 속눈썹이 영영 나지 않도록 모낭을 파괴하기도 한다. 쌍꺼풀 수술을 해서 속눈썹이 나는 부위를 위쪽으로 들어 올리는 경우도 많다.

날뛰었지만, 그럴수록 노빈손은 태연하게 반응했다.

"절 믿어 보세요. 다행히 이 아이는 살까지 잘라 내진 않아도 될 것 같아요. 파고든 눈썹만 잘 해결해 주면, 거짓말같이 눈물이 멈추게 될 거예요."

너무나도 자신만만한 노빈손의 태도에 산적 두목은 한동안 아무 말이 없었다. 표정은 큰 변화가 없었지만 어떻게 해야 할까 고심하고 있는 듯했다.

얼마나 시간이 흘렀을까. 그는 결국 무겁게 입을 열더니 체념한 듯 말했다.

"으음… 얘들아, 저놈이 원하는 것을 가져다 주어라."

가위와 족집게를 받아든 노빈손은 대수술이라도 하려는 것처럼 주위의 산적들을 물러서게 했다. 그러고는 아이의 눈꺼풀을 살짝 들어 안쪽으로 자라고 있는 속눈썹을 뽑고 잘라 내기 시작했다. 아이는 오랫동안 통증에 시달린 탓인지 비쩍 마른 몸을 움찔거리기만 할 뿐 별다른 저항도 하지 않았다.

얼마 후, 그동안 한마디 말도 없었던 아이가 산적 두목을 향해 소리쳤다.

"아버지! 눈이 너무 시원해요!"

아이의 눈동자는 여전히 붉게 충혈되어 있었지만, 눈을 찌르는 속눈썹이 없어져서인지 눈물은 거짓말처럼 멈춘 상태였다. 아이의 모습을 본 산적들은 놀라 입을 다물지 못했다.

주위의 반응을 본 노빈손은 정말 의원이라도 된 듯 으스대며 말했다.

"이 아이는 무조건 속눈썹을 다 밀어 줘야 해요. 앞으로도 명심하세요."

"아, 그리고 눈에 염증이 아직 남아 있을 테니, 백리향을 달여서 눈을 씻으면 좋을 거예요. 황백, 선황련, 홍차축조 등도 염증을 가라앉히는 데 좋으니 참고하시고요."

이에 질세라 발품이가 명쾌하게 이후의 처방까지 내려 주었다.

"이, 이 은혜를 어떻게 갚아야 할지. 으흑……."

두목은 갑자기 발품이와 빈손이의 손을 꼭 잡았다.

"아까의 일은 미안하네. 나도 산적으로 살고 싶진 않았어. 원래는 양반이었으나 얼마 전 안동 김씨 세력에 밀려 가문이 몰락하는 바람에… 크흑. 게다가 아이가 병에 걸려 어마어마한 치료비가 필요해서……."

산만 한 덩치를 하고는 눈물에 콧물, 침까지 뚝뚝 흘리며 우는 산적 두목을 보자 노빈손의 마음도 쩡했다.

"여기 있는 자들도 모두 탐관오리들의 횡포에 땅을 다 빼앗기고 살 방법이 없어 몹쓸 짓을 하게 된 거라네."

두목이 억울한 듯 하소연했다.

"이제라도 다른 일을 찾아 착하고 행복하게 사세요!"

국가의 구호 사업

나라에서는 백성 구제를 위한 진휼미도 권분과 공명첩의 발매로 겨우 마련했다. 권분은 고을 수령이 마을의 부자들에게 기부를 권하는 것이고, 공명첩은 돈이나 곡식을 바치는 자에게 명목상의 관직을 주는 것이었다. 따라서 국가에서도 지속적으로 구호 사업을 실시하기는 어려웠다. 또한 국왕이 거주하는 도성에만 대민 의료 기관인 혜민서와 활인서가 있었을 뿐이어서 지방의 걸인이 의료 혜택을 받는다는 것은 거의 불가능했다.

114

"그래, 화전이라도 일구면서 열심히 살아야지. 조심히들 가게."

노빈손과 발품이는 산적들의 환송을 받으며 다시 길을 떠났다.

둘은 산길을 벗어날 때까지 아무 말도 하지 않았다.

둘 다 아무렇지 않은 척했어도 속으로는 아이의 병이 차도가 없을까 봐 엄청나게 긴장을 하고 있었던 것이다.

얼마나 떨었던지, 산길을 벗어나자마자 둘은 누가 먼저랄 것도 없이 다리에 힘이 풀려 그 자리에 풀썩 주저앉고 말았다.

 ## 희대의 사기꾼, 김선달

평양은 상업이 발달한 도시답게 시장의 규모도 컸다. 대동강 주변의 포구에는 크기가 제각각인 배들이 묶여 있었다. 그 주위엔 각지에서 운반되어 온 짐과 반대로 보내야 할 짐들을 싣고 나르는 일꾼들로 발 디딜 틈이 없을 정도였다. 그 곁으로 상인들 대신 물건을 흥정하고 있는 객주들이 보였다. 드나드는 물자가 많은 만큼 커다란 크기의 여각 또한 늘어서 있었다.

"여기가 말로만 듣던 평양이구나. 와아!"

"평양 처음 본 티 좀 그만 내. 한양도 그렇지만, 여기도 눈 감으면 코 베어 가는 동네거든."

발품이는 여기저기 구경하느라 넋을 잃고 있는 노빈손에게 주의를 주었다. 누가 봐도 타지 사람임을 알 수 있을 만큼, 노빈손은 주위를 두리번대고 있었다.

그런데 이때! 어디서 많이 본 듯한 얼굴이 저만치 지나가고 있었다. 바로 한대박이었다.

"발품아! 저길 봐! 한대박이야!"

"응? 정말! 어? 한대박이 평양엔 웬일이지?"

노빈손과 발품이는 뜻밖의 상황에 어안이 벙벙했다.

"아, 아마도 쌀 때문일 거야. 곧 추수철이잖아. 평양의 쌀을 전부 사들여서 비싼 값에 팔려고 하겠지."

발품이는 안 봐도 뻔하다는 듯 말했다.

몰락한 양반

조선 후기엔 그 어느 때보다도 신분의 변동이 활발하게 진행되었다. 정치권에서 배제된 양반들은 서서히 몰락하여 상민들만큼 가난한 생활을 하였다. 논밭을 잃고 화전민으로 살거나 천민으로 전락한 이들도 있었으니, 말 그대로 빈부 격차가 매우 심해졌던 때가 바로 조선 후기이다. 돈을 많이 번 상민들은 족보를 사서 양반이 되는 경우도 많았다. 실제로 갖가지 부정한 방법으로 양반이 된 자가 많아져 이때 양반의 숫자는 조선이 세워진 이후 최고치를 기록했다.

한반도 북쪽에는 벼농사를 하는 곳이 별로 없었다. 평지보다는 산이 많은 데다 남쪽에 비해 추운 날씨, 비가 많이 오지 않는 기후 때문이었다. 하지만 평양엔 대동강이 흐르고 그 주위에 평양평야, 재령평야 등 평야들이 펼쳐져 있어 쌀이 풍부하게 났다. 한대박은 매점 매석하여 큰돈을 벌기 위해 평양에 온 것이었다.

"왠지 수상한데……. 한대박에게서 수상한 냄새가 나."

노빈손은 이미 인파 속으로 사라진 한대박을 향해 눈빛을 번뜩였다.

"빈손아, 됐고, 일단 김정희 어르신부터 찾자."

한편 반대쪽 길가에서 이들을 노리는 눈이 있었다. 얼굴에 기름기가 번지르르한 그 남자는 노빈손이 있는 쪽으로 슬쩍 다가왔다.

"이보시게, 장사하러 왔나? 내 좋은 물건을 가지고 있는데 한번 보려나?"

남자의 목소리는 너무나 달콤해서 간사하게 들릴 정도였다.

"네? 어떤 건데요?"

냉큼 대답하는 노빈손과 달리 발품이는 미심쩍은 눈빛으로 남자를 바라보았다.

"내가 조금 전에 캐 온 싱싱한 산삼이 있는데, 아주 싸게 쳐 줌세. 나한테 사서 다른 사람한테 팔면 큰 이익을 남길 수 있을 걸세."

남자의 말이 끝나기가 무섭게 발품이가 소리쳤다.

"이보시오! 누굴 속이려 드는 것이오! 당장 물러가시오!"

태도가 얼마나 단호한지 남자는 물론이고 노빈손도 깜짝 놀라 눈이 동그래졌다.

"물건을 보지도 않고 왜 그래? 제가 대신 사과할게요, 아저씨. 원래는 착한 애인데 지금 중대한 임무를 수행하는 중이라 좀 예민해진 것 같네요."

하지만 노빈손의 말에도 발품이는 아랑곳하지 않았다.

"볼 것도 없어. 이 사람 말은 거짓말이야."

"뭣이? 누굴 거짓말쟁이로 몰아! 보자보자 하니까 내가 보자기로 보이나?"

"당신이 거짓말쟁이인 이유는, 첫째!"

발품이가 자신 있게 외치자, 남자는 찔끔했다.

"산삼은 쉽게 캘 수 있는 게 아니오. 심마니들의 평생 소원이란 말이오. 때문에 심마니들은 산행에 앞서 많은 준비를 하오. 먼저 몸가짐을 바르게 하고 몸을 청결히 하지요. 그런데 당신의 손톱은 적어도 일주일은 다듬지 않은 것처럼 길고 지저분하오."

"그거야, 어제까진 깨끗했는데 오늘 삼을 캐다 보니 흙이 묻어서 그런 것이지."

남자는 금세 둘러댔지만, 변명치곤 궁색했다.

"두 번째! 심마니들은 산행 전에 육식을 삼가오. 산행을 준비하는 기간만은 살생을 피해 하늘의 노여움을 덜 사려는 것이오. 하지만 어젯밤 얼마나 먹고 마셨는지, 당신 몸에는 고기 누린내와 술 냄새가 아직도 남아 있소."

남자는 또다시 무언가 말하려 했지만, 발품이의 설명을 반박할 틈이 없었다. 심마니였던 만큼 누구보다 그 세계에 대해 잘 알고 있었던 것이다.

산삼에 대한 이야기가 나오자 발품이는 어느 때보다 진지했다. 노빈손의 눈에도 발품이가 평소와 달리 멋져 보였다.

정곡을 찔렸는지 남자는 쩔쩔 매더니 슬금슬금 뒤로 물러섰다.

"아하하… 난 그저 장난 좀 쳐 보려 한 것이오. 미안하게 됐소이다. 이거 김선달 체면이 말이 아니구면. 나 이만 가 보겠수!"

김선달이란 말에 노빈손은 깜짝 놀랐다.

'엑? 이 아저씨가 그 유명한 김선달? 한양의 상인에게 대동강 물을 팔았다던……'

불현듯 한대박을 골탕 먹일 좋은 아이디어가 떠올랐다. 노빈손은 가려고 하는 김선달을 불러 세웠다.

"저런 사기꾼이랑 무슨 일을 한다고 그

자연생 산삼

자연생 산삼은 조복삼(鳥腹蔘)으로도 불리는데, 이는 사람이 아닌 새가 열매를 먹은 뒤 소화가 되지 않은 씨를 배설하고, 여기에서 싹이 돋아 자라는 경우를 말한다. 여기에도 구별이 있는데, 새가 자연생 산삼의 열매를 먹고 배설한 경우와 인삼 열매를 먹고 배설한 경우로 나누어진다. 전자를 심마니들은 하늘의 은혜로 여기며 최상급으로 친다.

래?"

발품이는 노빈손의 생각을 썩 마음에 들어 하지 않았지만, 노빈손은 이미 마음을 굳힌 것 같았다.

"제가 한 가지 좋은 제안을 하려고 하는데요. 잠깐 귀 좀……."

쑥떡쑥떡… 꿀떡… 개떡…….

노빈손은 김선달의 귀에 대고 무언가를 속닥거렸다. 김선달의 얼굴에 미묘한 웃음이 번졌다.

 ## 대동강 물장사

노빈손 일행은 대동강변의 큰 나루터로 나갔다. 평양에서 생산된 쌀은 배를 통해 다른 지역으로 운반되므로, 쌀을 사기 위해 평양에 온 한대박이 꼭 들를 수밖에 없는 곳이었기 때문이다.

역시 얼마 지나지 않아 한대박이 하인들과 함께 걸어오는 모습이 보였다.

숨어 있던 발품이가 신호를 보내자, 커다란 삿갓으로 얼굴을 가린 노빈손이 목청을 돋워 요란하게 외치기 시작했다.

"자아~ 여러분! 흐르는 물은 마실 수도 있고 씻을 수도 있지만, 고여 있는 물은 썩는 법입니다. 이 기회에 제대로 한번 투자를 해 보십시오! 날이면 날마다 오는 기회가 아닙니다! 바로 조선 최고의 물, 대동강 물을 살 수 있는 절호의 찬스!"

그 말을 들은 한대박이 잠시 걸음을 멈췄다. 눈치를 보고 있던 김선달이 얼른 노빈손을 향해 꾸짖듯 말했다.

"예끼! 이보시오! 거짓말 마시오! 어제까지만 해도 물을 사겠다고 사정했던 사람들에게 눈도 깜짝 안 하더니 오늘 갑자기 판다는 게 말이 되오?"

김선달은 역시 조선 최고의 사기꾼답게 바람 잡는 실력이 대단했다. 그 광경을 보고 있던 한대박의 얼굴에 점점 호기심이 어렸다.

"물가가 치솟고 경기가 불황이니 급히 돈이 필요해 눈물을 머금고 내놓는 것입니다!"

"그래, 얼마에 파는지 들어나 봅시다."

"에이, 모르겠소! 내 손해 보는 셈 치고 그냥 만 냥에 내어 놓으려오!"

만 냥이면 어마어마한 액수였다. 짠돌이 한대박은 그 액수를 듣고 미련 없이 발길을 돌리려 했다.

그때였다. 지나가던 한 남자가 대동강 물을 한 바가지 떠서 꿀꺽꿀꺽 마시더니 노빈손에게 엽전 몇 푼을 내는 게 아닌가!

그걸 본 한대박은 하인들을 향해 호들갑을 떨었다.

"오옷! 얘들아, 봤느냐? 저자가 물을 마시

봉이 김선달

조선 후기에 살았던 김선달은 평양 출신의 선비였다. 관직에 나가고자 했으나 뜻을 이루지 못하고 평생을 방랑하며 지냈다. 어느 날 김선달이 시장의 닭 파는 곳을 지나게 되었다. 그는 주인에게 크고 모양이 좋은 닭 한 마리를 가리키며 '봉(봉황)'이 아니냐고 물었다. 김선달이 짐짓 모자라는 체하고 계속 묻자 처음에는 아니라고 하던 닭 장수도 봉이라고 했다. 김선달은 고을 원님에게 그 닭을 봉이라고 바쳤다. 원님이 화를 내자, 자기는 닭 장수에게 속았을 뿐이라고 했고, 그 결과 김선달은 닭 장수에게 많은 보상을 받았다. 닭을 '봉'이라 속여 이득을 본 후 그는 '봉이' 김선달로 불리게 되었다.

121

고 돈을 내는 것을!"

'마시고 빨래하고 퍼 가고, 대동강 물을 사용하는 이들이 얼마나 많을 것이냐! 그런 사람들마다 저렇게 돈을 낸다면!'

한대박은 머릿속으로 정신없이 계산을 해 보기 시작했다.

이제 작전의 마지막 단계에 들어갈 차례였다.

"평양 사람 모두가 사용하는 게 바로 이 대동강 물이니 구입하고 한 달만 있으면 본전을 뽑고도 남을 것입니다. 그다음엔 떼돈 버는 일만 남은 것이지요!"

"내가 사겠소! 당장 집에 가서 만 냥을 가져 오리다!"

김선달이 그 물을 사지 않으면 견딜 수 없겠다는 듯 외쳤다. 정말이지 할리우드에 진출할 만한 연기였다.

입찰과 낙찰

정해진 공사를 할 수 있는 권한이나 물건을 사고파는 계약을 따내기 위해 다수의 희망자들이 서로 경쟁하는 것을 입찰이라고 한다. 입찰에 의한 계약이 성립되는 것이 바로 낙찰이다. 입찰을 할 때는 경매처럼 공개적으로 가격을 부르지 않고, 미리 낙찰 희망 가격을 적은 신청서를 제출하게 된다. 그중 가장 유리한 조건을 제시한 자가 낙찰을 받게 되는 것이다. 하지만 경우에 따라 추첨 방식을 통해 낙찰자를 뽑기도 한다.

"자, 잠깐!"

돈을 가지고 오겠다는 김선달의 말에 한대박의 마음이 조급해졌다. 한대박은 스스로에게 되뇌듯 말했다.

"이건 천하일우의 기회야! 대박이라고!"

'푸핫! 천하일우가 아니고, 천재일우인데……'

노빈손은 웃음이 터져 나오려는 입을 손으로 막았다. 참지 못하고 웃어 버리면 방정맞은 웃음소리 때문에 정체가 탄로날 것 같았기 때문이다.

아무것도 모르는 한대박은
물을 사겠다고 나섰다.

"저쪽 분이 먼저 사겠다고 하셨는뎁쇼?"

"그…그럼, 난 2만에 사겠소!"

그 말을 들은 노빈손은 속으로 쾌재를 불렀다.

'역시 초조하게 하는 게 최고라니까! 홈쇼핑 방송에서도 마감 시
간 1분 전입니다. 이제 곧 품절될 것 같네요, 하면 다들 안달이 나서
주문하잖아!'

결국 노빈손은 대동강 물을 판다는 가짜 증서를 넘기고 한대박에
게 2만 냥이라는 거금을 받아 냈다.

노빈손 일행은 후미진 골목으로 가 그 돈을 사람 수에 맞게 나누었다.

"너 나랑 같이 다닐 생각 없냐? 이런 식으로라면 금세 부자 되겠어! 두만강, 섬진강, 한강…, 조선에 널린 게 강 아니더냐?"

신나게 돈을 세던 김선달이 말했다.

"제가 욕심나는 인재라는 건 인정하지만요, 저는 못된 놈 골탕 먹이려고 했던 거지, 계속 사람들 속일 생각은 없어요. 김선달 아저씨도 이제 정직하게 사세요."

"어른한테 훈계하긴! 아무튼 나도 잔머리 굴리는 걸로 유명하다만 너한테는 못 당하겠다."

김선달은 혀를 내둘렀다.

'이게 다 아저씨에 관한 일화들을 읽으면서 알게 된 거라구요.'

노빈손은 그저 속으로 웃을 뿐이었다.

다시 시작된 수사

한대박은 자신이 속았다는 사실을 알고서 분개했다. 강물을 퍼가는 사람에게 돈을 받으려다가 망신만 당한 것이다.

"대동강 주인이 따로 있소? 별 미친 사람 다 보겠네!"

그 말을 들은 한대박은 그제야 아차, 싶었지만 이미 소용없는 일이었다. 쌀을 사려고 가져온 돈을 다 써 버렸으니, 쌀 매점매석으로 돈을 벌려던 계획도 물거품이 되어 버린 것이다.

"으휴! 분해! 원통해! 내 2만 냥! 내 쌀!"

한대박을 통쾌하게 골려 주었지만, 노빈손과 발품이의 마음이 기쁜 것만은 아니었다.

"자꾸 시간은 가고, 우리 대방님은 옥에서 험한 꼴 당하고 계실 텐데…… 괜히 한대박 골탕 먹이는 거에 시간 뺏겨서 김정희 어르신도 찾지 못하고 이게 뭐야!"

"그건 그렇지만……. 발품아, 그런데 난 정말 아무리 생각해 봐도 한대박이 의심스러워. 평양에 오기 전까지는 몰랐는데, 자꾸 우리랑 부딪히는 게 왠지……."

"우리랑 악연인가 보지, 뭐!"

"아무리 악연이래도…, 그래! 맞다!"

노빈손은 불현듯 무슨 생각이 났는지 김선달에게서 받은 엽전 한 푼을 꺼냈다.

"발품아, 너 가진 돈 있으면 좀 꺼내 봐."

"돈은 왜? 너도 김선달 아저씨한테 받은 거 있으면서, 왜 내 돈을 탐내? 친구끼리도 돈 거래는 하는 게 아니랬어."

"아우, 사내 녀석이 쪼잔하긴! 달라는 거 아니니까, 잠깐 빌려 줘 봐. 김선달 아저씨에게 받은 거 말고, 의주에서 가져온 걸로. 뭘

도량형

도량형이란 길이·양·무게 따위를 재는 기구 및 단위법을 총칭하는 말이다. 도량형 제도는 조선 세종 때에 기본 틀이 확립되었다. 참고로 돈의 경우 엽전 1개는 1푼(分), 10푼은 1전(錢), 10전은 1냥(兩), 10냥은 1관(貫)이었다. 쌀의 경우에는 10홉(合)이 1되(升), 10되가 1말(斗), 10말이 1섬(石)이었다.

125

좀 확인하려고 그래."

발품이는 마지못해 봇짐에서 엽전 한 푼을 꺼내 노빈손에게 주었
다. 노빈손은 발품이가 준 엽전과 김선달에게 받은 엽전을 뚫어져라
보았다.

"이 두 개, 달라 보이지 않아? 빛도 약간 다르고, 무게도……."

노빈손은 두 엽전을 포개어 보았다.

"어라? 크기도 다르잖아?"

발품이가 깜짝 놀라 엽전을 뺏어 들고 자세히 살폈다.

"정말이네? 아주 미묘하긴 하지만 틀림없이 달라. 그냥 보면 전
혀 모르겠는데, 대보니까 확실히 다르구나!"

부력의 원리

어떤 물체를 물에 넣었을 때 물
체가 완전히 잠기거나 혹은 일부
분이 잠겨 있으면, 물체가 밀어낸
물의 무게만큼의 힘이 위쪽으로
작용하는데, 이를 부력이라고 한
다. 부력이란 쉽게 말해 물에 뜨
려는 힘이다. 물보다 밀도가 작으
면 뜨고, 물보다 밀도가 크면 가
라앉는다. 밀도는 부피에 대한 질
량의 비율이다. 부피가 같아도 질
량이 다르면 부력이 다르게 작용
한다. 이와 같은 맥락으로 물이
가득 차 있는 그릇에 같은 밀도
의 물건을 물에 넣으면 같은 양
의 물이 넘치게 된다.

노빈손은 재빨리 사발 두 개를 가져와 같은
양의 물을 넣고 각각 엽전을 담가 보았다. 발
품이의 엽전이 담긴 사발은 물이 넘치는 반
면, 노빈손의 것은 넘치지 않았다.

"역시 이 엽전은 가짜였어. 정상적인 엽전
과 밀도가 달라. 그래서 이쪽 물은 넘쳤는데,
이건 그대로인 거야."

"빈손이 너 정말 천재구나! 그렇다면, 혹시
한대박이 위조화폐를 만들어서 대방님에게
누명을 씌운 거야?"

"발품아, 우리 차근차근 다시 생각해 보자.
누군가가 대방님을 위조화폐 제조범으로 누

명을 씌웠다면, 그 이유가 뭘까?

"음…, 대방님이 잘되는 걸 배 아파하거나, 대방님한테 원한 맺힌 게 있거나 해서 곤경에 빠뜨리려는 거겠지? 대방님 명성에도 먹칠을 하고, 재산도 몰수당하길 바라서?"

"또?"

"흠, 아니면 자기가 위조화폐를 만들었는데, 걸릴 것 같으니 가까이 있으면서 못마땅한 자에게 뒤집어씌울 수도 있겠지."

"대방님이 잘되는 걸 배 아파하면서 가까이에 있고 또한 대방님을 못마땅히 여기는 자?"

"응, 그렇지 않을까?"

"그럼 대방님 상단 밑에 있는 사람들일 수도 있겠네? 대방님이 아무리 좋은 분이어도 뭐 아랫사람 입장에서는 사소한 불만쯤 있을 수도 있으니까……."

"그런데 사소한 불만 가지고는 이런 엄청난 일을 꾸밀 것 같지 않아. 솔직히 위조화폐 제조 같은 건 아무래도 우리 같은 사람들이 나서서 일을 꾸미기엔 힘들어. 자본도 뒷받침이 되어야 하고."

"흠, 그럼 재력도 있으면서, 대방님 가까이에서 대방님을 못마땅히 여기는 자?"

"그럼……."

"정말……?"

"한대박!"

둘은 뭔가 깨달았다는 듯 동시에 외쳤다.

"그런데 사실 이건 심증이잖아. 한대박이 낸 돈이 위조화폐이긴 하지만 한대박이 자기가 만든 게 아니라고 잡아떼면 소용없잖아."

발품이가 노빈손을 물끄러미 쳐다보았다.

"증거는 이제부터 찾으면 돼! 일단 한대박을 용의자로 보고 추적해 보자. 쫓아다니다 보면 뭔가 증거가 될 만한 게 나올 거야."

노빈손과 발품이는 평양 곳곳을 이 잡듯이 뒤졌다. 의욕적으로 한대박의 뒤를 쫓았지만 아무런 증거도 찾지 못하고 하루 종일 빈손으로 발품만 파는 두 사람이었다.

계속해서 걷고 걷다 다다른 곳은 평양 중심가에서 크게 열리는 5일장이었다.

좀비

좀비란 아이티 섬의 부두교 의식에서 유래된 말로 '살아 있는 시체'를 뜻한다. 부두교의 주술사들은 마약 성분의 약물을 써서 사람의 호흡과 맥박을 거의 멎게 했다. 그리고 의사가 사망 진단을 내리면 그 사람을 묘지에 묻었다가 한밤중에 다시 꺼내 악덕 농장주들에게 팔아 치웠다. 농장주들은 그들을 싼값에 부려먹으며 탈출을 하지 못하도록 장기적으로 약물을 투여했다. 약물로 인해 일꾼들은 넋이 나간 듯한 표정으로 거리를 돌아다녔다. 오늘날 공포 영화에 등장하는 좀비 전설은 바로 여기에서 유래한 것이다.

"우리가 평양에 처음 온 날도 5일장이 열린 날이었으니, 평양에 온 지 벌써 닷새나 지난 거구나."

"아, 지친다 지쳐……."

다크서클이 턱 밑까지 내려온 노빈손과 발품이는 마치 좀비처럼 어기적거리며 장터를 배회했다. 그때 누군가 팔목을 잡아챘다.

"허허! 너희는 임 대인 수하에 있는 빈손이와 발품이 아니냐?"

그리도 찾고 찾았던 김정희였다.

"아! 어르신!"

노빈손과 발품이는 그대로 김정희 품에 안

겨 엉엉 울었다.

"어르신, 저희가 얼마나 찾아 헤맸는데요. 왜 이제야 나타나신 거예요?"

"아니, 왜 나를? 무슨 일이 있느냐?"

주막의 별실에서 자초지종을 들은 김정희는 깊은 생각에 빠졌다.

'허, 역시……. 한대박 그자의 소행이란 말인가.'

뭔가 생각했던 대로 아귀가 맞아떨어지는 듯했다.

"어르신, 저희 대방님의 누명을 벗겨 드릴 좋은 방도가 없을까요?"

"흠, 우선 너희 말대로 임 대인이 한 일이 아니라는 증거를 찾아야 한다. 위조화폐가 만들어지는 현장을 꼭 찾아 내거라."

"네, 어르신. 그런데 엽전은 어디에서 만드는 건가요? 그걸 알아야 위조화폐가 만들어지는 곳도 알 텐데, 인터넷에 검색해 볼 수도 없고……."

"조선에서 쓰는 돈인 엽전, 즉 상평통보는 평안감영과 전라감영에서 만들어지는 것이니라. 감영에서 기술자들을 고용해 구리와 주석으로 만드는 것이지. 그러니까 사적으로 만든다고 한다면, 대장간처럼 쇠를 다룰 수 있는 곳이 필요할 게다."

"그럼 평양에서 한대박이 머무르는 집 주변에 있는 대장간을 다 살펴보면 되겠네요? 혹시 한대박의 수하들이 들락거리는 곳이 있는지."

발품이의 질문에 김정희가 신중한 목소리로 대답했다.

"위조화폐를 만드는 것은 큰 죄이니만큼 대놓고 대장장이와 거래를 하진 않을 것이다. 몰래 숨어 대장간을 드나드는 이들을 살피는 것이 좋을 것 같구나. 하지만 대장간이 한두 곳이 아닐 터······."

사실 김정희도 한대박이 의심스러웠다. 조정에서 몇몇의 상인에게만 인삼 무역권을 내리겠다고 한 때를 맞춰 임상옥을 위험에 빠뜨렸다는 생각이 들었기 때문이다.

"한대박 이놈··· 증거만 잡아 봐라! 당장에 신고를······."

"그건 안 된다."

주먹을 꽉 쥐고 이를 갈던 발품이의 말을 김정희가 대번에 잘랐다.

임상옥이 감옥에 갇혀 있음에도 가짜 엽전은 점점 더 많이 돌고 있었다. 따라서 임상옥은 범인이 아닌 것이다. 수령이 그걸 모를 리 없었다. 김정희는 한대박이 수령을 매수했을 것이라 예상했다.

"세상이 흉흉하게 돌아가니 누구든 함부로 믿어선 안 되느니라. 대인 어른을 생각하는 너희 마음은 갸륵하나 까딱하다간 일을 망칠 수도 있다. 무슨 일이 생기면 내게 말하여라. 내 할 수 있는 만큼 너희를 돕도록 하겠다."

김정희는 의미심장하게 말했다.

'이곳의 관리들은 믿을 수 없다.'

만상의 또 다른 모습

청나라와의 국제무역이 활발해지면서 인접한 의주 지역의 상인, 즉 만상들이 크게 부상했다. 18세기 중엽 이후 만상들은 연경을 왕래하며 무역의 이익을 독점하고 역관들과 한통속이 되어 국내의 중국 상품 가격을 조정하고 이익을 증대시켰다. 만상들을 통제하고 감독해야 할 관리들도 당시 지배층의 사치품 수요에 대한 공급권을 쥐고 큰 이득을 취했다.

확실한 증거만 있다면, 한대박은 물론이고 부패한 관리들까지 줄줄이 처벌할 수 있는 기회를 얻게 될지도 몰랐다.

"대인 어른은 죄가 없으니 꼭 풀려나실 게다. 힘들 내거라."

"저희는 어르신만 믿겠습니다."

발품이는 고마운 마음에 울컥하여 말을 잇지 못하였다.

노빈손 또한 천군만마를 얻은 것 같은 기분이었다. 임상옥의 자리가 비어 갈팡질팡하는 두 사람에게 김정희라는 존재는 더없이 든든하게 느껴졌다.

세도정치, 그것이 알고 싶다

안녕하십니까? 사회를 맡은 김정희입니다.

오늘은 조선 후기 백성들을 힘들게 했던 세도정치에 대해 알아보고 그로 인한 피해자들을 인터뷰하면서 세도정치의 실상과 폐해에 대해 파헤쳐 보도록 하겠습니다.

원래 세도정치란 '정치는 널리 사회를 교화시켜 세상을 올바르게 다스리는 도리'라는 뜻으로 이상적인 정치의 도리를 의미하는 말이었습니다.

하지만 정조 재위 초기의 신하 홍국영이 정권을 담당한 이후 세도정치(世道政治)는 또 다른 의미의 세도정치(勢道政治)로 변질되었습니다.

홍국영은 사도세자의 아들인 정조가 세손으로 있을 당시, 위협하는 무리들에게서 정조를 보호하여 무사히 왕위에 오르게 한 공으로 도승지 겸 금위대장에 임명된 인물입니다. 왕의 비서실장이자 동시에 호위대장이었으니, 그야말로 막강한 권한을 쥐게 된 것이죠. 하지만 홍국영은 자신의 누이를 임금님의 후궁으로 시집보내는 등 정치적 기반을 다지고, 모든 정사를 독단적으로 처리하다가 결국은 추방되었습니다. 너무 큰 권력을 쥐고 휘두른 탓에 결국 화를 입은 셈이죠.

홍국영 이후, 세도정치는 특정한 사람이 강력한 권세를 잡고 권력을 휘두르는 부정적 정치형태를 칭하는 말로 더 많이 쓰이게 되었습니다.

그런데 홍국영이 사라진 이후 세도정치도 사라졌을까요? 안타깝게도, 아닙니다.

순조가 12세의 나이로 보위에 오르자 정조의 신임을 받던 김조순의 딸이 왕비로 책봉됩니다. 이때부터 안동 김씨에 의한 세도정치가 시작된 것입니다. 중요한 관직은 모두 이들 일족이 독점했고, 조선은 안동 김씨들에 의해 움직이게 되었습니다.

이쯤해서 김조순 영감의 말을 한번 들어 볼까요?

김조순 어험! 사람들은 마치 내가 권세를 이용해 못된 짓을 한 줄로 아는 것 같은데 약간의 오해가 있단 말씀이야.

나는 나이 어린 왕을 잘 보필해 달라는 정조 임금님의 마지막 부탁을 받았네. 이 몸이 임금님의 신뢰를 좀 받고 있던 터라 말이지.

나에 대한 후대 사람들의 의견이 분분하지만, 아무튼 순조 임금님을 30년간이나 보필한 공적이 컸다고 평가받기도 한다고 들었네. 게다가 학자로서 매우 뛰어났다는 점은 누구나 동의하는 바가 아닌가.

나는 내 뱃속만 채우는 그런 사람이 아니었네. 물론 내 성격이 지나치게 너그러운 탓에 우리 가문의 사람들이 국사를 농락하는 것을 강력히 막지 못했고, 때로 판단력이 흐려진 적도 있었으나……. 흠흠, 열심히 얘기했는데 어째 변명한 것처럼 되어 버렸구먼.

네, 변명처럼 들립니다. 누가 악행을 시작했건 간에, 세도정치로 인해 많은 백성들의 삶이 고달파졌다는 것은 분명한 사실이겠지요? 이런 시기에 백성들은 과연 어떤 생각을 하고 있는지 들어 보겠습니다.

 윤 아무개(과거시험 준비 중) 나는 올해 과거시험을 치르기 위해 하루에 여덟 시간도 넘게 공부하고 있소. 미래의 대입 수험생들은 그보다 더하다고 들었으나, 뭐 그건 내 알 바가 아니고. 아무튼, 요즘은 과거에 합격해도 관직을 얻기가 쉽지 않소. 부정한 방법으로 관리가 되는 이들이 워낙 많다 보니, 이렇게 공부해도 소용없는 것이 아닌가. 정말 고민이오.

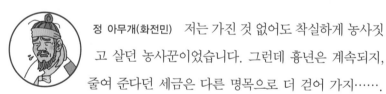

송 아무개(안동 김씨의 사돈의 팔촌의 이웃) 과거시험? 그게 다 무슨 소용이에요? 난 그냥 요즘 세도 있다는 양반을 찾아가 은근슬쩍 관직 하나 부탁하려고요. 그게 더 빠른 방법인걸요, 뭐. 그런 부탁이 먹히겠냐고요? 워낙 관계가 머니까 그리 쉽진 않겠지만, 뇌물이란 게 있잖아요. 뇌물로 쓴 돈이야, 관리가 되고 난 후에 백성들에게서 뜯어내면 그만이니까요. 앗, 잠깐! 지금 제 얼굴 모자이크 처리되고 있는 거 맞죠? 음성변조도 해 주세요.

정 아무개(화전민) 저는 가진 것 없어도 착실하게 농사짓고 살던 농사꾼이었습니다. 그런데 흉년은 계속되지, 줄여 준다던 세금은 다른 명목으로 더 걷어 가지……. 그러니 저한테 무슨 방도가 있겠습니까? 그나마 있던 조그만 땅도 다 빼앗기고 산으로 들어왔지요. 쬐그만 밭뙈기 하나 일구며 겨우 살고 있습죠. 소작농이 될 생각은 안 했냐고요? 소작농도 마찬가지예요. 악덕 지주들이 소작료는 물론이고 자기들이 가진 땅에 대한 세금까지 부담 시키니 더 죽을 맛이죠. 환곡을 이용할 생각은 안 해 봤냐고요? 아이고,

말도 마십시오. 관청에서 이자를 얼마나 심하게 받는지 너무 힘들어서 곡식을 빌렸다가 망한 집이 한두 명이 아닙니다요.

네, 그렇군요. 탐관오리들의 수탈로 인해 백성들의 삶은 정말 말이 아닌 것 같습니다.

세도정치는 그 후로도 계속되었습니다. 헌종 때는 그 외할아버지인 조만영이 권세를 잡으면서 풍양 조씨에 의한 세도정치가 15년 가까이 계속됩니다. 헌종의 뒤를 이은 철종의 왕비 자리에 김조순의 일가인 김문근의 딸이 오르면서 다시 안동 김씨의 외척에 의한 세도정치가 이어집니다. 이로부터 약 15년간, 세도정치는 타락의 절정을 이루었습니다.

고종의 생부로서 후에 정권을 장악한 흥선대원군은 안동 김씨 세력을 몰아내고 정치를 펴 나갔습니다. 하지만 며느리 명성황후에 의해 10년 만에 물러나게 되지요. 그 후 여흥 민씨에 의한 세도정치가 계속되어 국가 요직을 차지한 민씨 일족이 1,000명을 넘었다고 합니다.

이처럼 조선 후기는 세도정치로 인해 매우 혼란스러웠습니다. 임금님들이 곳곳에 왜 암행어사를 보냈는지 이해가 되네요.

지금까지 '세도정치, 그것이 알고 싶다' 의 김정희였습니다.

수상한 그림자

"흐아~암, 피곤해. 오늘만 열 번째 대장간이야. 이제 그만 돌아가자, 발품아."

노빈손은 애벌레처럼 쭈욱 몸을 펴더니 옆에 있는 발품이의 어깨를 툭툭 쳤다.

"실컷 자 놓고 뭐가 피곤하다는 거야?"

발품이가 쏘아붙였다. 발품이는 밤새도록 대장간 주변을 살피느라 눈이 빨갛게 충혈돼 있었다.

"저잣거리에 있는 대장간 중 남은 곳은 이제 두 군데뿐이야. 반드시 이 안에 있을 가능성이 크다구."

밤이고 낮이고 숨어서 지켜보았지만, 두 곳 모두 수상한 사람이 드나드는 기색은 없었다. 처음엔 의욕이 충만했던 노빈손과 발품이도 점점 지쳐 가고 있었다.

"발품아, 우리 이제 좀 쉬면 안 될까? 내 얼굴 좀 봐. 수면 부족 때문에 푸석푸석한 거 안 보여?"

"너 원래 그랬거든. 마을 외곽에 문을 닫은 작은 대장간이 하나 있대. 거기도 한번 살펴

보부상들이 부르던 「공문제」 노래

다음은 보부상들이 총회 때 상무사(보부상을 관리하던 관청)의 공문을 모셔 놓고 올리던 제사(공문제)에서 부르던 노래이다.
성수 만세 성수 만세 / 오늘 장에 천 냥이요 / 아랫장에도 천 냥이요 / 한 달 육장 매장해도 수천 냥씩 재주 봐요 / 가는 길에 만 냥이요 / 오는 길에 만 냥이요 / 소금 장수 등짐 장수 / 간 곳마다 짭짤하네 / 만세 만세 성수 만세 좌사우사 여러분들 / 오고 가는 험한 길에 / 몸수 안녕하시옵고 재수 대통하옵소서

보자."

"에엑? 장사도 안 하는 곳에 누가 오겠어! 이쯤에서 그만두고 다른 방법을 찾아보자."

노빈손이 말렸지만, 발품이는 막무가내였다.

'으으…, 저 똥고집!'

노빈손은 한숨이 나왔다. 발품이가 우겨 대서 결국 따라오긴 했지만, 둘의 눈앞에 있는 대장간은 오래전에 버려진 것처럼 보였다. 도무지 사람이 드나들 만한 곳이 아니었다.

"아, 배고파. 잠복근무할 땐 컵라면이 필수인데. 쩝."

근처에 숨어서 기다린 지 한 시간도 채 되지 않아 노빈손은 여느 때처럼 중얼거리기 시작했다. 좀이 쑤셔서 견딜 수가 없었다. 노빈손이 떠들다 졸다 먹다 자다, 그러는 동안에도 발품이는 눈을 부릅 뜨고 정면을 응시했다.

날이 어두워지도록 주변엔 개미 새끼 한 마리 얼씬거리지 않았다. 밤이 되자 안 그래도 흉해 보였던 대장간은 꼭 전설의 고향에 나오는 폐가 같았다. 날도 흐린 데다가 바람까지 불어 주변 풍경은 더욱 음침했다.

"바… 발품아, 어째 좀 으스스하지 않아? 이제 그만 가자."

"쉿! 저기 봐!"

발품이는 손가락을 코에 대고 조용히 하라는 시늉을 하더니, 턱을 들어 어딘가를 가리켰다.

어둠 속에서 시커먼 그림자가 대장간 안팎을 드나들며 분주하게

움직이고 있었다.

"몸집도 작아 보이는데, 얼른 가서 덮치자!"

"자… 잠깐만!"

그림자를 얼마간 바라보던 노빈손이 벌떡 일어나려는 발품이를 붙잡았다. 노빈손의 손이 사시나무처럼 떨리고 있었다.

"자세히 봐봐……. 치마를 입은 것 같아. 처… 처녀귀신 아닐까?"

노빈손은 너무 놀라서 말까지 더듬었다. 발품이도 무서웠는지 멈칫했다.

"정말 귀신일까?"

"몰라. 발품이 네가 가서 확인해 봐. 넌 귀신도 잡는 심마니라며."

"싫어! 같이 가."

"난 삼대독자라 죽으면 안 된단 말이야!"

둘은 이런저런 핑계를 대며 움직이지 않았다.

어느덧 구름이 걷히고 그 속에 있던 달이 모습을 드러냈다. 흐릿하기만 했던 그림자의 형체도 달빛 아래서 더욱 선명해졌다. 길게 땋은 머리가, 붉은 치마가 드러났다.

그 모습을 본 발품이가 저도 모르게 외쳤다.

"…우영이?"

대장간으로 들어가려던 처녀는 화들짝 놀란 얼굴로 멈춰 섰다. 아담하고 얼굴이 고운 여인이었다.

"우영이 맞지? 나 발품이야!"

발품이가 뛰쳐나가 반갑게 말했다. 달빛을 받으며 웃고 있는 발품이의 얼굴은 너무나 환했다. 하지만 처녀는 처음의 놀란 기색과는 달리 시간이 지날수록 차분하면서도 냉정한 표정이 되었다.

"사람 잘못 보셨습니다."

"무슨 소리야! 우리 정말 친했었잖아."

"……."

남녀칠세부동석

유교의 옛 가르침에서 일곱 살만 되면 남녀가 한자리에 같이 앉지 아니한다는 뜻으로, 남녀를 엄격하게 구별하여야 함을 이르는 말이다. 남녀칠세부동석을 강조하던 조선시대에 다 큰 남성이 여성의 신체에 손을 대는 것은 상상할 수도 없었던 일! 특히 높은 신분의 여인일 경우 의원이라 하더라도 진맥조차 마음대로 할 수 없었다. 심지어 궁중의 내의원들은 왕비를 진맥할 때 실을 사용했다. 손목에 얹은 실을 통해 맥이 뛰는 것을 감지하여 병을 진단하는 식이었다.

처녀는 대답도 없이 대장간 안으로 들어가 버렸다. 얼음처럼 냉랭한 태도에 발품이는 할 말을 잃은 듯했다.

"누구야?"

두 사람을 보고만 있던 노빈손이 슬쩍 물었다.

"있어. 우영이라고, 내 어릴 적 친구."

"아니라고 하는데?"

"아냐. 분명해. 사나이는 첫사랑을 절대 잊지 못하는 법이거든."

발품이는 처녀의 뒷모습에서 눈을 떼지 못한 채 중얼거렸다.

"너, 도도한 스타일 좋아하는구나? 아주 찬바람이 쌩쌩 분다."

"원래 정말 다정하고 상냥했던 아이야. 왜 저렇게 변한 건지 모르겠어."

잠시 후, 대장간에서 나온 처녀는 두 사람을 보지도 않고 지나쳐 갔다.

"잠깐만!"

발품이는 처녀를 붙잡았지만, 딱히 뭐라 말하진 못했다. 처녀의 차가운 태도에 발품이도 처음과 달리 좀 서먹해하는 눈치였다. 처녀도 발품이를 뿌리치진 않았지만, 고개를 돌린 채 서 있었다.

'이건 아침 드라마 같은 데서나 보던 상황인데……'

옆에 있는 노빈손도 어떻게 해야 할지 몰라

조선시대 주민등록증, 호패

조선시대에 16세 이상의 남자는 신분을 증명하는 호패를 가지고 다녀야 했다. 호패는 직사각형 모양으로 앞면에는 성명, 나이, 태어난 해의 간지를 새기고 뒷면에는 해당 관아의 낙인을 찍었다. 호패를 받으면 곧 호적과 군적에 이름이 올라가고 동시에 군역과 갖가지 나라에서 벌이는 토목 공사 등을 해야 했다. 그래서 많은 사람들이 그런 일을 피하기 위해 호패를 위조하거나 교환했다. 조정에서 호패의 위조는 극형, 호패를 차지 않은 자는 엄벌에 처한다는 법을 마련했지만 불법 행위는 끊이지 않았다.

142

눈치만 보고 있었다.

　어색한 침묵만이 세 사람 주위를 휩싸고 돌았다.

 ## 우영의 눈물

　"…너, 이 상처는 다 뭐야?"

　침묵을 깨고 먼저 입을 연 건 발품이였다. 처녀의 손과 팔은 크고 작은 상처로 가득했다.

　"아… 아무것도 아니야!"

　처녀는 엉겁결에 손을 가리며 말했다.

　"역시! 너 우영이 맞구나? 나 기억하는 거 맞지?"

　우영은 묵묵부답이었다.

　"아니, 그보다도 얼른 치료부터 해야겠다."

　"난 괜찮아."

　우영의 말투는 여전히 무미건조했다.

　"어서 가세요! 빨리 치료하지 않으면 상처가 곪아서 더 심해진다구요."

　우영이 말을 듣지 않자, 노빈손도 거들었다.

　우영은 마지못해 노빈손과 발품이의 뒤를 따랐다. 발품이는 우영이가 입은 상처를 하나하나 정성껏 치료해 주었다. 우영이는 아무 말도 없었지만, 처음과 달리 태도가 많이 누그러져 보였다.

"앞으로는 다치지 않도록 조심해. 몸은 또 왜 이렇게 말랐니?"

"하루에 다섯 끼쯤 드셔야겠어요! 피부가 빨리 재생하려면 몸이 튼튼해야 하거든요. 물론 하루에 다섯 끼를 먹는 게 쉽진 않죠. 전 일곱 끼까지 먹어 봤지만……."

"너 지금 그걸 자랑이라고 하는 거냐?"

노빈손과 발품이가 티격태격하는 모습을 보고 있던 우영이의 입가에 살짝 미소가 번졌다. 그걸 본 발품이의 입이 헤벌어졌다.

"그래, 웃으니까 내 친구 우영이 같다! 내가 좋아했던 어릴 적 그 모습 그대로야!"

대규모 민란의 발생

민란의 주체는 농민이었으나, 경제적으로 몰락한 양반들에 의해 대규모적인 반란으로 확대되는 경우가 많았다. 1811년(순조 11년)에 일어난 홍경래의 난이 대표적인 예이다. 홍경래는 평안도 지방의 몰락한 양반으로 평안도에 대한 차별 대우를 내세워 부농 및 송상 등과 결합해 난을 일으켰지만, 결국 평정되고 말았다. 이러한 민란은 대개가 포악한 관리를 제거하는 것이 목적이었지만, 나아가 세도정치에 의해 병든 양반 사회 자체에 대한 반항으로 나타났다.

발품이의 말에 우영이의 얼굴은 홍당무처럼 빨개졌다. 굳어 있던 마음이 풀리자, 우영이는 이런저런 이야기를 하기 시작했다.

우영은 한대박의 집에서 허드렛일을 하고 있다고 했다. 생활이 어려워 한대박에게 돈을 빌린 우영의 부모가 그 돈을 갚지 못하자, 한대박이 우영을 데려왔던 것이다.

"그동안 얼마나 힘들었는지 다 얘기하자면 끝도 없어. 우리 부모님은 날 뺏기고 한스러워하시다가 결국 돌아가셨어."

우영이의 눈가에 눈물이 맺혔다. 사정을 다 알게 된 발품이도 눈물을 글썽거리고 있었다.

144

"고생을 많이 해서 네가 그렇게 마음이 굳어 있던 거였구나. 한대박 이 나쁜 놈!"

세 사람은 침울해졌다. 과거를 회상하는 우영이, 우영이의 얘길 들은 발품이, 그리고 그 둘을 보고 있는 노빈손도 마음이 편치 않았다.

"참! 그런데 아까 거기엔 왜 갔던 거야?"

노빈손이 애써 밝은 목소리로 우영에게 물었다.

"집 안에 들일 구리랑 주석을 확인하러. 한대박이 시킨 대로 하고 있지만, 무슨 일인지는 잘 모르겠어."

구리와 주석이라면……?

노빈손과 발품이는 마주 보고 고개를 끄덕였다. 단서의 실마리를 잡은 것이다.

"가끔은 못쓰게 된 쇳덩어리들을 거기 가져다 두기도 해. 그러다 보니 손에 상처가 나을 날이 없네."

"너한테 그런 일까지 시킨단 말이야?"

발품이는 분통을 터뜨렸다.

"돈을 아끼려는 거지. 장정을 고용하면 돈이 드니까, 하인 몇 명이서 모든 일을 다 해야 해. 그래서 나를 포함해서 몇 명은 의주에서 평양까지 자주 왔다 갔다 해."

과연 자린고비도 울고 갈 짠돌이, 한대박다웠다.

"우영아, 이젠 더 이상 고생하는 일 없을 거야! 한대박은 곧 끝장 날 테니까. 내가 직접 그 집에 찾아가서 우리 대방 어르신의 누명을 벗길 단서를 찾고, 네 대신 네 부모님 복수까지 할게."

얼씨구? 아무리 좋아하는 여자 앞이라도 그렇지, 얘가 왜 이렇게 세게 나오는 거야?

노빈손은 펄쩍 뛰었다.

"너 지금 거기가 어디라고 가겠다는 거야?"

"으음, 하긴 그 집에 들어가는 게 쉽진 않겠지."

"쥐도 새도 모르게 뜨거운 솥으로 들어갈 수도 있어."

"그렇지만 옛말에 호랑이를 잡으려면 호랑이 굴로 들어가야 한다고 했어. 집 안으로 구리와 주석을 들여간다면 뻔하잖아. 그 안에서 가짜 엽전을 만든다는 거야. 들어가서 찾아야 해."

"우영아, 네가 발품이 좀 말려 봐."

노빈손이 우영이를 간절한 눈빛으로 쳐다보았다.

걸인들에게도 법도가!

유교 공동체 사회인 조선에서 남에게 밥을 나누어 주는 행위는 민족 전래의 미덕이었다. 따라서 걸인들은 의복과 잠자리 구하기는 어려울지언정, 심한 흉년이 아닌 이상 먹을 건 얻어먹을 수 있었다. 특히 결혼, 회갑, 장례 등 각종 경조사에서 끼니를 많이 해결하였는데, 걸인들 나름대로 법도 있어서 상갓집의 귀신 밥은 건드리지 않았다.

멍하니 두 사람을 바라보고 있던 우영이가 말했다.

"그래, 발품아. 무턱대고 들어가는 건 위험해. 문앞에 지키고 있는 사람들도 많고. 너 들어가기도 전에 잡혀서 볼기짝 얼큰하게 맞을지도 몰라."

"아, 우영아. 나 이래 봬도 사내 대장부야. 어릴 때 코 찔찔 흘리던 내가 아니라구!"

발품이의 당황하는 얼굴을 보며 노빈손이 키득키득 웃었다.

이때 갑자기 우영이가 좋은 생각이 난 듯 무릎을 쳤다.

"아! 그래! 곧 한대박의 회갑연이 열려. 잔칫날이라 대문도 열어 둘 거고, 많은 손님들이 드나들 테니까 좋은 기회일 거야."

"정말? 잘됐다! 걱정 마, 우영아. 날 믿어!"

노빈손은 말리고 싶었지만 그러기엔 발품이의 의지가 너무 강해 보였다.

"너희 둘이 나서 준다면 모든 게 다 잘될 것만 같아, 고마워."

우영이는 감격했는지 물기 묻은 목소리로 말했다.

"자, 잠깐! 둘이라니? 발품이가 가겠다는 건데 왜 나까지 세트로 취급하는 거야?"

"당연히 같이 가야지! 대방 어르신의 누명을 벗기는 일인데 그럼 넌 빠지겠다는 거야?"

노빈손의 항의에 발품이가 오히려 반문했다.

"그게 아니고, 좀 더 안전한 길이 있지 않을까 하는 거지……."

모기만 한 목소리로 핑계를 늘어놓던 노빈손은 우영의 간절한 눈빛을 보고야 말았다.

안 그래도 여자의 부탁이라면 거절 못 하는 노빈손. 우영이 보는 앞에서 더 이상 안 가겠다고 몸을 사릴 수는 없었다.

'제발 목숨만은 부지해야 할 텐데.'

그런 심정을 아는지 모르는지 발품이와 우영은 노빈손의 손을 꼬옥 잡고 환하게 웃었다.

한대박의 심복이 되다

한대박의 회갑연은 높은 양반집 잔치처럼 거하게 열렸다. 여간해선 구경하기 힘든 조선 팔도의 산해진미는 물론이고 진귀한 술들이 상마다 가득했다. 마당 한가운데에선 형형색색의 옷을 입은 기녀들이 풍악에 맞추어 우아하게 춤을 추었다. 광대패들도 눈에 띄었다.

지체 높은 양반들이 여럿 참석한 가운데, 왕찡상 또한 좋은 자리를 차지하고 앉아 닭다리를 뜯고 있었다.

마당을 돌아다니는 수많은 사람들 속엔 노빈손과 발품이도 끼어 있었다.

"한대박은 의주뿐 아니라 평양에도 이렇게 으리으리한 집을 갖고 있다니 정말 돈이 많나 보다. 근데 빈손아! 이렇게 그냥 들어와도 되는 걸까? 한대박이 우릴 알아볼 텐데."

"여기 오자고 한 게 누군데! 어차피 우선은 항복해야 해."

"뭐? 그놈한테? 원수에게 항복하는 건 사나이로서 용납할 수 없는 일이야!"

발품이는 펄쩍 뛰었다.

"한대박이 엽전을 만들었다는 증거를 잡으려면 가까운 사람이 되는 수밖에 없잖아. 항

광대패

광대패는 재인청(민간 예능인의 연예 활동을 관장하던 기구) 출신의 광대들이 떠돌이로 전환하여 이루어졌다. 따라서 뛰어난 예술적 기능을 지녔고, 이들의 공연 내용도 풍부하고 종합적으로 진행되었다. 광대들의 재주는 가곡, 판소리, 곡예, 가면 춤, 검무, 꼭두각시놀이 등이 대표적이다. 이 중에서 가곡과 판소리를 하는 소리 광대의 대우가 가장 좋았다.

복하는 척해야 한다구. 넌 그냥 나만 따라하면 돼."

노빈손은 싫다는 발품이를 끌고 한대박 앞으로 갔다.

"네놈들이 우리 집 잔치엔 웬일이냐?"

"생신 축하드려요. 똑똑한 한대박 대방님. 저희는 한대박 대방님께 긴히 드릴 말씀이 있어서 찾아왔어요."

노빈손이 자신을 '대방'이라고 부르자 한대박은 흡족한 표정을 지었다.

"그래? 어디 네놈들의 얘기를 들어 볼까?"

노빈손과 발품이는 한대박을 따라 방으로 들어갔다.

"이제 임상옥의 시대는 갔어요. 최고의 상인은 한대박 대방님이죠! 저희는 한대박 대방님 밑에서 일하고 싶어서 온 거예요. 지난 일은 다 용서하세요."

"요… 용서하십시오."

발품이는 떨떠름한 표정으로 노빈손의 말을 따라했다.

임상옥의 시대가 갔다는 말에 한대박은 뛸 듯이 기뻐했다. 하지만 의심이 많은 성격답게 금세 정색을 했다.

"그렇지만, 내가 임상옥이 밑에 있던 놈을 어떻게 믿을 수 있겠느냐?"

노빈손은 예상했던 반응이라는 듯 별로 당황하는 기색이 없었다.

"절 데리고 있으면 큰 이득을 보실 거예요. 이래 봬도 제가 사업거리가 무궁무진하거든요. 벌써 돈이 되는 행사를 생각해 온걸요?"

돈이 된다는 말에 한대박이 귀를 쫑긋 세웠다.

"에헴! 여러분, 오늘 제 회갑 잔치에 와 주셔서 정말 감사합니다. 그런 의미에서 작은 행사로 경매를 열어 볼까 합니다."

잔치의 주인공인 한대박의 말에, 마당에서 홍청거리던 사람들은 하던 일을 멈추고 흥미를 보이기 시작했다. 모두 재미있겠다며 반지나 노리개 같은 것을 팔겠다고 나섰다.

한 남자는 집에 가서 나무 의자를 들고 오기도 했다.

"이 의자로 말할 것 같으면, 백성들의 생활을 돌아보시겠다며 나오신 상감마마께서 저희 주막에 들렀다가 앉으셨던 의자요! 옥체가 닿았던 의자이니 값으로 매길 수도 없소!"

그 말을 들은 사람들은 의자를 한번 만져 보겠다며 야단이었다.

경매는 순조롭게 진행되었다. 좋은 물건이 나오면 모두 서로 사겠다고 목청을 드높였다.

분위기가 한창 무르익자, 노빈손이 여인으로 변장한 발품이를 데리고 나와 마루 위에 섰다.

"사나이 체면에 이런 옷을 입다니……."

발품이가 못마땅하다는 듯 중얼거렸지만, 노빈손은 못 들은 척 목청을 돋워 외쳤다.

"자, 여러분! 저는 기적의 약을 팔려고 나왔습니다!"

노빈손은 손에 든 동글동글한 환약을 사람들에게 내보였다. 그럴듯해 보였지만, 값싼 재료를 섞어 만든 것이었다. 사실 경매를 연

것도 이 엉터리 약을 팔기 위한 것이었다.

"여기 있는 이 여인은 한때 돌림병을 앓았습니다. 보시다시피 얼
굴도 많이 상했잖아요?"

노빈손은 붉은 물감을 찍어 놓은 발품이의 양쪽 뺨을 가리켰다.

"여길 보세요. 병을 앓으면서 열꽃이 피었던 자국이 이렇게 선명
합니다. 하지만 제가 개발한 약을 먹고 지금처럼 건강해진 것이지
요!"

사람들이 술렁이기 시작했다. 그도 그럴 것이, 조선시대에 돌림
병은 전쟁만큼 무서운 것이었기 때문이다. 제아무리 부자라도 흉년
은 피해 갈 수 있었지만, 돌림병만은 피하지 못했다.

"매년 돌림병으로 죽는 사람이 엄청납니다. 그렇지만 이 약만 꼬박꼬박 챙겨 먹으면 문제없어요! 똥밭에 굴러도 이승이 좋다는 말 아시죠? 우리 모두 이 약 먹고 귀한 목숨 챙기자구요!"

사람들은 너도나도 노빈손의 약을 사겠다고 나섰다. 잔칫집은 한바탕 난리법석이 벌어졌다.

노빈손 옆에 금세 수북하게 돈이 쌓였다. 한대박은 그 모습을 흐뭇하게 바라보았다.

"생긴 것과 달리 재주가 있는 놈이로구나! 이게 다 얼마야! 케케."

"이제야 좀 절 알아주시네요."

노빈손은 어깨를 으쓱거렸지만, 속으로는 엉터리 약을 산 사람들에게 하루빨리 돈을 돌려줘야 한다는 생각에 마음이 무거웠다. 옆에 있는 발품이도 시무룩해 있었다.

거래 장부

계산을 할 때는 산가지(숫자를 세는 데 쓰던 막대기) 등을 이용하였는데, 상인들의 거래 장부가 저마다 독특한 방식으로 기록되어 담당자가 아니면 알 수가 없었다. 전당이나 도매로 거래할 때는 매매 문서를 작성하였는데 쌍방의 거래 내역을 기록하고 사인을 하거나 손가락이나 손을 그려서 증명하였다.

"쓸모가 있을 것 같으니 우선은 네놈을 내 심복으로 삼겠다. 오늘 번 돈은 저쪽 궤에 다 갖다 넣어라. 반대쪽에 넣으면 안 된다. 가짜랑 섞이거든. 케케."

가짜라고?

노빈손과 발품이의 눈이 동시에 반짝 빛났다.

가짜 엽전 제조 공장

"오늘처럼 애쓰지 않아도 가만히 앉아서 돈 버는 방법이 있어요."

한대박이 가짜 엽전을 만든 사실이 분명해 보이자, 노빈손은 2단계 작전에 돌입했다.

"뭐야? 가만히 앉아서 돈을 벌어? 그게 내 평생 꿈인데!"

돈에 눈이 먼 한대박은 냉큼 노빈손에게 그 방법을 물었다. 노빈손은 손가락으로 자신의 머리를 가리키며 대답했다.

"바로 이걸 파는 거지요."

"뭣이? 머리통을 팔아? 아니면 주꾸미 장사를 하자는 소리냐?"

"으휴, 그게 아니고요. 가짜 엽전 만드는 방법 알고 계시죠? 바로 그 지식을 파는 거예요."

생전 처음 들어 보는 소리에 한대박은 멀뚱멀뚱 노빈손을 쳐다보기만 했다. 옆에 앉은 발품이도 노빈손의 말이 이해되지 않는다는 표정이었다.

"물건만 사고팔 수 있는 게 아니에요. 그런 기술도 사고팔 수 있어요. 청나라에선 벌써 가짜 돈 만드는 방법이 죄다 퍼졌대요. 고유 저작권이 없어진 셈이죠."

노빈손은 지어 낸 말을 마구 해 댔다. 저작권이 뭔지 알 리가 없었지만, 한대박은 무식한 티를 내기가 싫어 잠자코 있었다.

"누가 그런 걸 사는데?"

발품이가 묻자 노빈손은 답답하다는 듯 말했다.

"누가 사긴 누가 사! 가짜 엽전을 만들고 싶은 사람들이 사겠지."

점차 무슨 뜻인지 알아차린 한대박이 씨익 웃었다.

"그러니까, 가짜 엽전 만드는 방법이 퍼지기 전에 우리가 그 기술을 팔자는 거 아니냐?"

"그렇죠."

"하지만 사람들이 그런 걸 사겠다고 할까?"

"말로만 하면 당연히 안 믿겠죠. 그렇다고 그 기술을 먼저 보여 줄 수도 없고요. 그래서 말인데, 그 과정을 간략하게 그림으로 그려서 보여 주면 어떨까요? 제가 그림을 기똥차게 잘 그리는 분도 한 명 알고 있거든요."

"옳거니!"

노빈손의 말을 반신반의하던 한대박의 얼굴에 화색이 돌았다.

저작권이란

저작권이란 문학·학술 또는 예술의 범위에 속하는 창작물인 저작물에 대한 배타적·독점적 권리를 말한다. 이러한 저작물에는 소설·시·논문·강연·각본·음악·연극·무용·회화·서예·도안·조각·공예·건축물·사진·영상·도형·컴퓨터프로그램 등이 있다. 저작권 보호의 목적은 저작자가 창작 활동에 전념할 수 있는 동기를 부여함으로써 궁극적으로 우리나라의 문화와 관련 산업의 발전을 꾀하는 데 있다.

노빈손이 부른 화가는 바로 김정희였다. 그림을 그릴 김정희뿐만 아니라 노빈손도 공장 견학을 핑계로 한대박을 따라나섰다. 한대박은 엽전을 만드는 공장의 위치를 숨기기 위해 김정희와 노빈손의 눈을 가린 채 끌고 갔다.

"자, 눈을 가리고 그려라!"

공장에 도착한 한대박은 김정희에게 외쳤다.

"어떻게 눈을 감고 이곳의 풍경을 그릴 수 있단 말이오? 상식적으로 말이 안 되지 않소?"

"아니, 그게… 그냥 말이 그렇게 나오기도 했고……."

김정희의 항의에 무안해진 한대박은 횡설수설했다. 결국 김정희는 눈가리개를 풀고 그림을 그리기 시작했다.

김정희가 그림을 그리는 동안 노빈손은 사방에 귀를 기울인 채 앉아 있었다.

깡! 깡!

쇠를 두들기는 망치 소리가 쉴 새 없이 들렸다. 어느 구석에서 쇳물이 끓고 있는지 뜨거운 열기가 느껴지기도 했다.

노빈손은 점점 조바심이 났다. 공장이 어디에 있는지 알아내기 위해 따라오겠다고 한 건데, 눈을 감고 왔으니 위치를 짐작할 수가 없었다.

'증거를 잡으려고 했는데…, 이젠 어쩌지?'

눈을 가리고 앉아 머리를 마구 굴린 지 두어 시간, 갑자기 한대박이 감탄하는 소리가 들렸다.

"오오! 진짜 같구먼! 그림 속에 서 있는 이 남자도 나랑 똑같이 생겼고. 대단한 실력이로고!"

김정희의 그림이 완성된 것 같았다.

김정희의 그림을 본 노빈손도 한대박 못지않게 놀랐다. 엽전을 만드는 과정이 실감나게 표현되어 있었고, 그림 속 인물들도 살아 움직일 것만 같았다. 일하는 사람들 옆에서 뒷짐을 지고 서 있는 남자는 누가 봐도 한대박이었다.

한대박이 넋을 놓고 감탄하는 사이 노빈손은 김정희에게 모종의 눈빛을 보냈다.

김정희는 한대박에게 그림을 넘겨주기 전, 몇 번이고 다시 그림을 살펴보았다.

며칠 후!

방문 앞에서 인기척이 들리자 노빈손은 잽싸게 일어나 방문을 열었다.

"아휴, 얼마나 기다렸는지…, 어?"

노빈손은 자기도 모르게 뒤로 물러섰다.

노빈손과 발품이가 머무는 방에 들이닥친 건, 한대박의 하수인들이었다. 그들은 노빈손과 발품이를 끌어내더니 어두컴컴한 창고에 가두었다.

"이게 무슨 짓이냐? 당장 문 열어!"

발품이가 달려가 창고 문을 쾅쾅 두드렸지만, 소용이 없었다. 둘은 어찌된 영문인지도 모른 채 창고에 갇혀 불안에 떨었다.

'아, 대체 어떻게 된 거지?'

금난전권을 돌려줘

정부의 허가없이 장사하는 난전의 상인들이 늘어나 시전상인들을 위협하자 육의전과 시전의 상인들은 정부로부터 난전을 금지할 수 있는 '금난전권'을 얻어 낸다. 하지만 금난전권은 상품화폐경제의 발달을 가로막는 장애물이 되었고, 일반 백성들과 사상들의 피해도 심각해졌다. 이에 정부는 18세기 말경 육의전을 제외한 일반 시전이 가진 금난전권의 특권을 모두 없앴다. 육의전에서 취급한 상품을 제외하고는 누구나 모든 상품을 자유로이 판매할 수 있게 된 것이다. 이후 시전상인들은 금난전권을 되찾으려고 노력했지만, 결국 실패하였다.

옥에 갇히다

그 시간 의주 저잣거리는 양옆에 늘어선 사람들로 복작거렸다.

"여기 있는 자는 위조화폐를 찍어 내서 나라의 경제를 혼란스럽게 한 대죄인이다!"

나졸 하나가 목청을 돋우며 거듭 외쳤다.

남녀노소 할 것 없이 다급하게 모여든 이들은 저마다 목을 길게 빼고 소리가 나는 곳을 바라보았다.

"비켜서라! 옆으로 물러나라!"

나졸은 요란하게 소리를 지르며 사람들 사이로 길을 트기 시작했다. 그 뒤로 또 다른 나졸이 밧줄에 사람을 묶어 끌고 다녔다.

"이보게, 저건 조리돌림 아닌가?"

"맞네. 사람들에게 죄를 지으면 안 된다는 본보기를 보여 주기 위해서 형이 확정된 죄인을 끌고 다니는 거지. 아유, 끔찍해."

제대로 걷지도 못하고 비틀대며 끌려가는 사람은 임상옥이었다. 얼마나 고문을 당했는지 임상옥의 얼굴은 퉁퉁 부어 알아볼 수도 없는 지경이었다.

"임 대인 어르신이 정말 그랬을까?"

"항상 좋은 일만 하시던 분인데……."

의주 사람들은 도저히 믿을 수가 없다는 분위기였다.

하지만 정확한 증거를 찾아냈다는 말을 듣자, 하나둘씩 수군거리기 시작했다.

"에잇! 못된 놈!"

누군가가 나서서 욕을 하더니 임상옥을 향해 돌멩이를 던졌다. 그러자 구경만 하던 이들이 앞다퉈 험한 말을 했다.

임상옥은 눈과 입을 굳게 닫은 채 그런 모욕을 전부 참아 내고 있었다. 억울하기도 했지만, 형을 집행하는 날이 하루하루 다가오자 모든 것을 포기하고 싶은 마음도 들었다.

'이대로 끝나고 마는 것인가!'

임상옥은 속으로 나지막한 탄식을 터뜨렸다.

멍석말이

멍석말이는 옛날에 권세 있는 가문에서 백성들에게 가한 사사로운 형벌이다. 일반적으로는 한 집안이나 동네에서 못된 짓을 저지르거나 난폭한 행동을 하고도 뉘우칠 줄 모르는 자가 있을 때 행했다. 문중이나 동네 회의를 거친 뒤 잘못을 저지른 자를 여럿 앞에서 멍석에 말거나 뒤집어씌워 놓고, 온 집안사람이나 동네 사람들이 뭇매질을 하여 버릇을 고쳐 주는 풍속이었다. 옛날에는 불량한 짓을 하는 무뢰한을 관청에 신고하는 것이 아니라 흔히 이와 같은 방법으로 다스렸다.

"케케케케! 꼴좋다."

창고로 찾아온 한대박은 노빈손과 발품이를 보더니 고소하다는 표정으로 웃어 댔다.

"감히 날 속이려 해? 그림을 더 그려서 빼돌리려 한 걸 내가 모를 줄 아느냐? 난 바보가 아니다! 케케."

"으……!"

발품이는 억울하고 분해서 이를 부득부득 갈았다.

"그래도 날 찾아올 생각까지 했다니 용기가 가상하구나. 하지만 이미 늦었다. 임상옥에 대한 심리가 모두 끝났거든. 그 녀석은 내일 사형을 받게 될 것이다. 케케!"

"이런 악독한 놈! 아무 죄도 없는 우리 대방 어르신을!"

"임상옥이 죽는다고 아쉬워할 것 없다. 그놈이 죽으면 네놈들도 바로 같은 신세로 만들어 줄 테니까. 셋이 황천길에서 만나 실컷 얘기 나누어라!"

황천길이란 말에 노빈손은 숨이 턱 막혔다.

아아, 앞길이 구만 리 같은 이 창창한 나이에 황천길이라니⋯⋯.

겁에 질린 노빈손과 달리 발품이는 카랑카랑하게 외쳤다.

"대방 어르신을 따라서라면 저승이라도 좋다! 이 더러운 자식아!"

어디서 그런 용기가 나오는지 옆에서 보는 노빈손도 놀라울 뿐이었다.

"흥! 내일도 그런 소리가 나오나 두고 보자! 풍만등화 같은 목숨이 꺼질 시간이나 기다리고 있거라! 케케."

"풍만등화가 아니라 풍 '전' 등화인데요? 이번엔 지적을 안 하려고 했는데, 제가 워낙 완벽주의자라."

"그냥 좀 넘어가라, 넘어가! 너 그렇게 까부는 것도 오늘이 마지막이야!"

노빈손을 노려보는 한대박의 눈에 매서운 독기가 서렸다.

"죽기 전에 잔칫날 남은 음식 찌꺼기나 실컷 먹어라! 내 마지막 선물이다. 케케."

한대박이 그 말을 남기고 돌아가자, 창고를 지키던 보초가 들어

와 음식이 담긴 접시를 놓고 나갔다.

"밥이다!"

반색하며 접시를 주워 든 노빈손은 거의 빨아들이다시피 음식을 먹어 대기 시작했다. 발품이가 그런 노빈손을 한심하다는 듯 쳐다 봤다.

발품이는 조그마한 창문 밑으로 가더니, 쪼그려 앉아 햇볕을 쬐 었다.

"내일 죽으면 이런 햇살도 다시는 못 보게 되겠지?"

"꼭 죽는 애길 해야겠어? 밥 먹는 사람 체하게."

"우영이한테 마지막으로 편지나 남기면 좋으련만."

"저승사자랑 하이파이브하게 생긴 마당에 연애편지 타령은!"

"그러는 넌, 이런 상황에 밥이 목구멍으로 넘어가?"

"먹다 죽은 귀신은 때깔도 좋다잖아."

둘은 어둡고 눅눅한 창고 바닥에 앉아 티격태격하느라 시간이 가는 줄도 몰랐다.

 ## 한대박, 스스로 만든 덫에 걸리다

"…허엉… 흐어엉……."

으음? 이게 무슨 소리야? 꿈인가?

노빈손은 졸린 눈을 비비며 비몽사몽인 채로 고개를 들었다.

창고 바닥 한가운데서 울고 있는 건 다름 아닌 발품이였다.

"발품아?"

"빈손아, 다 틀렸어! 날이 밝았다고! 이제 대방 어르신은 돌아가시게 될 거야! 아이고오… 어르신, 누명을 벗겨 드리지 못해 죄송합니다아… 엉엉……."

발품이는 주먹으로 땅을 쳐 가며 서럽게 울부짖었다. 옆에서 지켜보기가 안쓰러울 정도였다. 노빈손의 목구멍도 슬픔으로 싸했다.

"이게 다 소인의 부족함 때문입니다. 저도 곧 따라가 저승에서도 어르신을 모시겠습니다. 어흐흑."

'그러고 보니… 우리도 오늘 자칫하면 세상과 작별을 고하는구나!'

그 사실을 깨닫자 노빈손은 가슴이 덜컥 내려앉았다. 발품이가 눈물로 범벅이 된 얼굴을 들어 노빈손을 바라보았다.

"빈손아, 넌 정말 좋은 녀석이야. 진짜 사나이고!"

"발품아……."

두 사람은 얼싸안고 통곡을 하기 시작했다. 둘이 함께 겪었던 수많은 일들이 주마등처럼 머릿속을 스쳤다.

그렇게 울어 대기를 몇십여 분.

덜컹!

밖에서 자물쇠를 따고 문을 여는 소리가 들렸다.

올 것이 왔구나!

노빈손과 발품이는 두려움에 서로를 더 꽉 붙잡았다.

사령들의 행패

사령은 중앙과 지방 관청에서 심부름을 하고 죄인에게 곤장을 치는 등 여러 가지 일을 했다. 이중에서도 특히 지방 관청의 사령들은 백성들에게 행패를 부릴 때가 많았다. 순조 때 정약용이 지은 계몽 도서인 『목민심서』에는 그들의 행패가 종류별로 구분되어 있다.

"빈손아, 저승사자들이 몰려온다. 우리 다음 생에선……."

"허헛, 이 녀석들. 못 본 새에 사이가 아주 좋아졌구나!"

앗! 이 목소리는?

노빈손은 익숙한 목소리에 저도 모르게 고개를 돌렸다. 활짝 열린 문 앞에 서 있는 사람은 한대박이 아닌 임상옥이었다. 얼굴이 수척

한 데다 상처투성이여서 평소와는 달라 보였지만 분명 임상옥이 맞았다.

죽기 전에 헛것을 보는 건가? 아니면 벌써 저승?

노빈손은 눈물, 콧물을 매단 채로 멍하니 임상옥을 쳐다보았다. 발품이도 같은 심정인지, 퉁퉁 부은 눈을 가까스로 뜨고 움직이질 않았다.

"요녀석들, 뭘 그렇게 멀뚱멀뚱 쳐다만 보는 게냐? 대방 어른께 인사는 안 드리고!"

임상옥 옆에 서 있던 김정희가 빙그레 웃으며 호통을 쳤다.

"정말 임상옥 대방님 맞으시죠? 귀신 아니죠?"

콩!

"살아 있는 사람더러 귀신이라니! 고얀."

"아픈 걸 보니 꿈은 아니네요! 헤헤."

임상옥에게 꿀밤을 맞은 노빈손은 아파하면서도 헤벌쭉 웃었다. 발품이는 여전히 뭐가 뭔지 정신이 없는 모양이었다.

"이, 이게 어찌된 일입니까?"

"빈손이 네 말대로 엽전 공장의 그림을 여러 장 그려서 장안에 내놓았지. 그중 하나는 일부러 한대박에게 흘렸고."

"일부러요?"

"응, 복제품이 있다는 걸 알게 된 한대박은 다급한 나머지 그림을 몽땅 사들였지. 자신의 모습이 그려졌으니 퍼지면 큰일 아니냐."

김정희의 설명에 노빈손이 깔깔거렸다.

"아, 알겠다! 그걸 다 위조화폐로 산 거군요? 전부 가짜 엽전으로요."

"그렇지. 복제품이니 위폐로 사야 아깝지 않다고 생각하고 위폐를 푼 게지. 그리고 내가 현장에서 위폐를 사용하는 놈의 덜미를 잡았다. 아, 솔직히 말해야겠구나. 사실 나는 암행어사 임무를 수행 중이었단다. 평양에서 위조화폐가 만들어지고 있다는 제보를 받고 열심히 수소문 중이었거든. 한데 너희 덕분에 쉽게 사건을 해결했구나!"

"아, 어르신! 암행어사였어요? 대단해요!"

"대단하긴, 빈손이의 작전이 적중한 거지. 한대박이 가짜 엽전을 만들었다는 증거를 찾았으니 대인 어른은 바로 풀려날 수 있었어. 한대박의 뇌물을 받은 수령과 이방은 지금 옥에 갇혔느니라."

김정희는 노빈손을 흐뭇하게 바라보았다.

"허허… 내 빈손이 저 녀석 처음 볼 때부터 뭔가 큰일 하나 낼 줄 알았다네. 아니 그런데 이놈들, 아침 나절 내내 '암행어사 납시오!' 소리도 못 듣고 잠만 잔 게냐?"

임상옥이 웃었다.

"제가 아침잠이 좀 많아서, 하핫……. 그런데 한대박은 어떻게 됐어요?"

"관아에 암행어사가 들이닥친 것을 눈치

수사에 활용한 몽타주

우리나라에서 언제부터 수사에 몽타주를 활용했는지는 자세히 알려져 있지 않다. 조선시대에 수사에 활용했던 몽타주'용파(생김새와 흉터)'라고 한다. 그러나 일부 사극에서 나오는 것처럼 그림을 그렸던 것이 아니라 글로 사람의 생김새 등을 묘사했다. 키와 얼굴빛, 머리 모양과 생김새, 얼굴이나 팔 등의 상처 혹은 뜸을 놓았던 부위, 문신 등을 기록해 포졸들이 활용할 수 있도록 했다.

채고는 돈을 챙겨 도망간 것 같다. 엉치가 재빠른 놈이지!"

노빈손의 물음에 김정희는 분한 표정으로 말했다.

"우리를 이렇게 괴롭혀 놓고 도망쳐 버리다니!"

노빈손도 함께 분개했지만, 김정희의 입에 일순간 살짝 미소가 번졌다.

"내 그럴 줄 알고 우영이를 시켜 그놈 방에 있던 돈을 전부 가짜 엽전으로 바꿔 놨다. 돈을 들고 갔다지만 아무 소용없을 것이야. 이미 나라에서 위조화폐 감별법이 적힌 방을 전국적으로 붙여 놨거든. 한대박의 표독스러운 얼굴 그림과 함께."

김정희의 곁에 서 있던 우영이가 아무 말 없이 씨익 웃었다.

"우영이도 참 고생이 많았구나."

임상옥의 표정도 평화로워 보였다.

"대방 어른이 쌓아 놓은 덕이 많으셔서 주변에 좋은 사람들이 많습니다. 참 부럽습니다."

"허허, 생원 어른도 제 곁에 계신 좋은 분 중 빼놓을 수 없는 한 분이십니다. 정말 감사드립니다."

훈훈한 대화가 오갔다.

"그리고 이렇게 얘기하면 팔불출 같지만, 제가 제자들을 참 잘 두었습니다. 이녀석들이 바로 제 수제자입니다. 허허."

이것 참, 쑥스럽네.

노빈손은 얼굴을 붉히면서도 손가락으로 조심스럽게 브이 자 그리는 걸 잊지 않았다.

"모두 무사한 것도 다행이지만, 기쁜 일이 하나 더 있다!"

갑자기 김정희가 중대 발표를 하려는 듯 목소리를 가다듬었다. 모두의 시선이 그에게로 쏠렸다.

"조정에서 대인 어른께 인삼 무역권을 내려 주셨다. 당연한 결과이지만, 모두 축하해 드리자꾸나. 감축 드립니다, 대인 어른!"

"그게 정말입니까? 이렇게 감사할 때가……."

임상옥은 감격에 겨워 눈물까지 글썽거렸다.

"대인 어르신, 감축 드리옵니다! 무사하셔서 다행입니다! 지금 생각해 보니 제가 어젯밤에 산삼을 캐는 꿈을 꾸었던 것 같습니다!"

이제야 상황을 파악한 발품이가 임상옥의 품으로 달려들어 엉엉 울었다. 임상옥은 인자한 미소로 발품이의 등을 부드럽게 어루만져 주었다. 노빈손도, 김정희도, 우영이도 그 모습을 보고 빙그레 웃었다.

김정희와 임상옥의 관계

기록에 따르면 김정희는 1826년(순조 26년)에 40세의 나이로 충청도 암행어사 직을 수행했고, 임상옥은 1810년(순조 10년)에 조정으로부터 인삼 무역권을 얻었다. 따라서 본문 이야기는 김정희와 임상옥의 기록을 바탕으로 '재구성한' 내용이다. 최인호 소설 『상도』에서는 임상옥과 김정희의 관계를 우정을 나눈 지기로 그린다. 임상옥이 조선 최고의 상인으로서 상(商)을 통해 현인의 경지를 이루었다면 김정희는 조선 최고의 문장가로서 서(書)를 통해 그 경지를 이룸으로써 서로 조력하며 한 시대를 풍미했던 것이다. 하지만 어디까지나 기록을 바탕으로 한 소설적 허구이기에, 우리는 단지 추측할 수 있을 뿐이다.

조선 탐구생활 암행어사 편

암행어사는 『춘향전』, 『어사 박문수』 등을 비롯한 소설과 TV 사극 등에서 많이 접해 익숙한 존재예요. 문헌으로는 1509년(중종 4년)의 『중종실록』에 '암행어사'라는 말이 처음 등장해요.

암행어사는 조선시대에 임금의 특명을 받아 지방관의 행태를 조사하고 백성의 어려움을 살펴서 개선하는 일을 맡아 하던 임시 벼슬이에요. 안핵어사나 순무어사 등 지방에 일이 있을 때 왕명으로 파견하는 어사와는 달리, 그들의 임명과 임무는 일체 비밀에 붙여졌어요.

시장, 군수, 구청장에 해당하는 조선시대 수령은 지금과는 달리 사법권까지 가지고 있어 그 권한이 막강했어요. 이런 지방관이 맡은 일을 잘 수행하면 문제가 없지만 실제로는 그렇지 못한 경우가 많았어요. 그렇다고 궁중에 있는 왕이 지방 곳곳에서 무슨 일이 벌어지는지 알기도 힘들었어요. 암행어사는 이런 필요성 때문에 생겨난 거예요.

물론 지방관을 감찰하는 관리는 훨씬 오래전부터 존재하고 있었지만, 비밀리에 임금의 명을 수행하는 직책은 조선시대에 처음으로 생겨난 거예요. 한때 암행어사를 거쳤던 유명한 인물로는 조광조, 퇴계 이황, 채제공(영조 때의 영의정), 박문수, 정약용 등이 있어요.

1892년(고종 29년) 이면상을 전라도로 파견한 것을 끝으로 암행어사 제도는 폐지되었어요.

다음은 암행어사의 자격 조건에 대해 살펴보기로 해요.

종3품 당하관 이하의 젊은 관리들이 암행어사로 임명되는 경우가 많았어요. 젊은이들은 나이 든 이들에 비해 다른 관리들과의 인맥이 넓지 않으니 사사로운 정에 얽매이는 경우도 그만큼 적기 때문이에요.

하지만 경험이 별로 없어 때때로 지방관들한테 휘둘리기도 했는데, 그 때문에 영조 임금님 시절엔 과거 지방관을 했던 관리 중에서 암행어사를 뽑았어요.

학식이 풍부하고 성품이 강직한 자여야 한다는 건 당연지사예요. 기본적으로 문과에 급제한 당하관 중에서 암행어사를 뽑았지만 이와 같은 자격이 아주 엄격하게 유지된 것은 아니었어요.

실례로서 당상관인 조병노가 경상도 암행어사에 임명된 사실이 있었고, 과거에 급제하지 아니한 자로서 1637년(인조 17년)에 홍무적이 암행어사에 임명되기도 했어요.

이제 암행어사는 누가 임명하는지 알아보기로 해요.

암행어사는 임금이 단독으로 선택하여 임명했는데 1735년(영조 11년)에 암행어사 초택(적임자의 선택) 명령이 내려져 암행어사 추천 정책이 시작됐어요. 이때부터 임금이 극비로 단독 임명하는 경우와 신하들의 추천으로 임명하는 방법이 함께 사용됐어요.

임금은 선택한 자를 직접 불러 암행어사로 임명하고, 봉서와 마패, 사목, 그리고 유척을 하사했어요.

임금이 내린 암행어사의 소지품을 살펴보기로 해요.

봉서 임금이 종친이나 신하들에게 내리는 문서를 봉서라고 해요.

암행어사에게 내리는 봉서는 특히 중요한 것으로서 숭례문을 나서야 뜯어 보게 되어 있어요. 거기에는 누구를 어느 지방의 암행어사로 삼는다는 신분 표시와 임무의 내용이 적혀 있어요.

마패 암행어사, 하면 떠오르는 것이 바로 마패! 사실 마패는 역마와 역졸을 이용할 수 있는 단순한 증명서예요. 마패의 앞면에 그려진 말의 수에 따라 말을 부릴 수 있어요. 한 마리에서 열 마리까지 표시하게 되어 있는데, 영조 시대의 암행어사는 보통 세 마리의 말을 부릴 수 있는 삼마패를 가지고 다녔어요.

마패를 가지고 가서 각 지역마다 흩어져 있는 역관으로 가면 말도 빌리고, 역관에서 일하는 사람들도 부릴 수 있어요. 출두하기 전에 그렇게 역졸들을 대기시켜 놓아요. 드라마에 보면 "암행어사 출두요!" 하고 외치면서 관아로 우르르 몰려 들어가는 사람들이 바로 다 미리 대기시킨 역졸들이에요.

사목　사목이란 공적인 사무에 관련된 규칙을 말해요. 암행어사의 직무 규칙이 적힌 책이라고 보면 돼요.

유척　유척은 놋쇠로 만든 표준 자로, 놋자라고도 해요. 보통 한 자보다 한 치 더 긴 길이예요. 유척은 검시를 할 때 써요. 유척으로 지방 수령의 세금을 거두는 도구나 형벌을 내리는 도구가 규격에 맞는지 측정해요. 유척을 가지고 다니는 암행어사야말로 걸어 다니는 국가 표준이에요.

암행어사가 어떻게 일을 하고 다녔는지 알아볼 차례예요.

암행어사는 선문을 사용하지 않아요. 선문은 관리가 지방에 출장갈 때 도착일을 그 지방에 미리 통지하는 공문이에요.

암행어사는 자신의 신분을 들키지 않기 위해 일부러 남루한 옷을 입고 돌아다니면서 비밀리에 임무를 수행해요.

그들은 수령의 행적과 백성의 억울한 사정 등 민정을 자세히 살핀 후, 필요한 경우에는 신분을 밝혀요. 수령의 잘못이 밝혀지면 그 죄질에 따라 파면을 시키고 관가의 창고를 폐쇄해요. 또한 옥에 갇힌 백성들 중 억울한 이는 없는지 다시 조사하기도 해요.

모든 임무가 끝나면 암행어사들은 수령의 행적과 백성들의 상황, 그 지방의 효자, 열녀 등의 미담을 적어 국왕에게 보고해요. 질이 나쁘지 않은 수령에 대해서도 미흡한 점을 알리고, 청렴한 이에게는 상을 내려 달라고 추천도 해요. 지방관에 관한 것 말고도 자신이 임무를 수행한 지역에 관해 세세히 적어 올림으로써 지방 행정의 개선을 위해 애써요.

마지막으로 암행어사의 고충을 살펴보기로 해요.

사실 우리가 생각하는 것처럼 암행어사가 늘 막강한 존재였던 건 아니에요.

왕의 명령을 수행하는 인물이긴 하지만 암행어사는 대부분 당하관 출신이라, 당하관보다 지위가 높은 수령들에게 무례한 행동을 할 수 없었어요.

또한 암행 사실이 중도에 알려져 지방관들이 미리 장부를 빼돌리고 악행을 숨길 때가 많았어요. 문을 잠그고 열어 주지 않는 수령에다 다른 지방으로 도망가는 수령까지 있었으니……. 참 힘든 꼴 많이 당해요.

게다가 임무를 잘 수행하지 못하면 문책을 당하고 그 후의 벼슬살이에도 지장이 있었지요. 심지어는 어사가 갑자기 비명횡사하는 경우도 있었어요. 지방 관리의 짓이겠지요. 알고 보면 암행어사는 정말 스트레스가 심한 직책이에요.

지금까지 암행어사 탐구생활이었어요.

인삼의 가격

의주상단 본점 회의실.

벽을 따라 놓여 있는 문갑 위에는 갖가지 종류의 회계 장부들이 쌓여 있었다. 가장 구석에 있는 커다란 돈궤는 아무나 손댈 수 없는 것으로, 임상옥을 비롯하여 상단의 자금을 관리하는 몇몇만이 그 열쇠를 관리했다.

회의실 한가운데 있는 기다란 탁자에는, 가깝게는 의주 주변, 멀게는 한양 근처에서까지 장사를 하고 있는 방방곡곡의 만상 도방과 행수, 대행수들이 둘러앉아 시끌벅적 떠들고 있었다. 그들 중 몇몇은 언성을 높이기도 하고, 혀를 끌끌 차기도 했다.

임상옥이 회의실로 들어서고 나서야 좌중은 조용해졌다.

"으, 귀찮아. 엥?"

발품이와 함께 임상옥을 따라온 노빈손은 화살처럼 꽂히는 따가운 시선에 살짝 당황했다.

공기가 왜 이래? 입도 뻥긋 못 하겠네.

노빈손은 바짝 언 표정으로 쭈뼛거리며 서 있었다. 그도 그럴 것이 회의실 안의 분위기

책문후시

책문후시(柵門後市)는 조선시대에, 중국 청나라와 행하던 상인 간의 무역 시장을 말한다. 수출품은 금 · 인삼 · 종이 · 모피류 따위였고, 수입품은 비단 · 당목 · 약재 · 보석 · 문방구 따위였다. 조선시대의 대외무역은 국가의 관리하에 하는 것을 원칙으로 하였으나, 1660년(현종 1년)부터 조선과 청나라 사신의 왕래가 빈번해지자 책문에서 의주 및 개성상인과 요동 지방의 차호(車戶) 간에 개인적인 무역이 시작되어 '책문후시'라는 이름으로 불리게 되었다.

가 남극 대륙보다 더 차디찼기 때문이다.

　모여 앉은 이들은 노빈손이나 발품이 쪽으로는 고개도 돌리지 않은 채 임상옥에게 불만을 토로하기 시작했다.

　"대방님, 책문후시가 열리는 날이 며칠 남지 않았습니다. 아무런 조치도 세워 놓지 않았으니 저희는 속이 시커멓게 탈 지경입니다."

　"벌써 날짜가 그리 되었는가?"

　묻는 사람은 정말 속이 타들어가는 듯 다급한 말투였지만, 임상옥은 심드렁하게 대꾸했다.

　"대방님께서 인삼 가격을 두 배로 올리실 것이라 들었습니다. 어찌하여 그러셨습니까?"

　"인삼의 가격이 너무도 오랫동안 그대로였음은 모두 잘 알지 않는가? 자그마치 200년 동안일세. 청나라 상인들이 조선 인삼의 가치를 알면서도 제대로 된 값을 치르지 않고 있는 것이야. 그건 조선 상인들을 무시한다는 의미나 다름없네."

　방금 전의 심드렁함과 달리, 한마디, 한마디 말을 할 때마다 임상옥의 눈빛에 날카로운 기운이 더해 갔다.

　20년도 아니고 200년 동안 같은 값이라니. 거, 정말 너무하네.

　옆에서 잠자코 듣고 있던 노빈손도 어쩐지 슬그머니 화가 났다.

　임상옥은 굳은 결심을 보였으나 도방들의 반발이 만만치가 않았다. 오히려 인삼의 가격이 떨어지고 있는 상황이었기 때문이다. 동래상인들이 일본에서 수입하는 은의 양이 줄어들면서 무역품인 인삼의 양은 상대적으로 늘어나 가격이 떨어지고 있었던 것이다. 도방들은 인삼의 가격이 떨어진 만큼 청나라 상인들에게 더 많은 양의 인삼을 수출할 수 있을 것이라 말했다. 즉, 임상옥의 의견대로 가격을 올릴 것이 아니라, 싼값으로 많이 팔자고 주장하는 것이었다.

"그들이 전보다 두 배나 오른 가격으로 인삼을 사려 하지는 않을 것입니다. 원래 값으로 파는 것이 오히려 더 많은 이익을 남기는 방법입니다. 이제 인삼 무역권이 있으니 얼마든지 많은 양의 인삼을 팔 수 있지 않습니까?"

"내가 무작정 돈을 많이 벌자고 이러겠는가? 정당한 가격을 받고 조선 상인의 힘을 보여 주려 함일세!"

"하지만 어르신, 싸게 많이 파는 건 예로부터 청나라를 상대하는 전통의 상술입니다."

"난 생각이 다르네. 걱정 말고, 그동안 그랬던 것처럼 그냥 날 믿고 따라 주게."

평소의 모습과는 달리 유난히 단호한 임상옥의 말에 회의실에 모인 이들은 꿀 먹은 벙어리처럼 아무 말도 하지 못했다.

다음 날, 임상옥의 하인들은 새벽부터 행장을 꾸리느라 정신없이 바빴다. 나귀가 끄는 수레엔 청나라 상인들에게 팔 인삼이 오천 근이나 실렸다. 임상옥은 인삼 외에 평상시 자주 거래하는 품목인 금과 소가죽도 챙기도록

보관법의 발달

조선시대에는 어물(생선)의 수송과 보관의 한계를 극복하여 많은 상인들이 어물을 취급하게 되었다. 그로 인해 상인 중에서도 어물에 관련한 자들이 많아져 원래 어물을 팔던 시전과의 시비가 끊이지 않았다. 결국 성 밖 칠패 지역의 어물 난전 상인들이 외어물전을 독립적으로 세운 후 정부의 허가까지 얻게 되어, 내·외물전이 공식적으로 성립하게 된다. 이것은 결국 난전을 정부에서 합법적으로 인정하는 것을 증명함과 동시에 관영 상인에서 개인 상인으로 상업 경제의 주체가 전환되는 것을 의미한다.

지시했다. 발품이는 그 옆에 서서 수레에 실린 물건들을 일일이 세어 보고 장부에 적어 가며 꼼꼼하게 확인하고 있었다.

"자, 이제 출발하자! 저기 저 짐은 빈손이 네가 들거라."

뭔가 낚인 기분인데? 말이 수제자지, 이거 완전히 짐꾼 아냐~!

노빈손은 발품이가 던져 준 짐을 받아든 채 억지로 걸음을 뗐다.

 ## 또 하나의 고비

구련성과 봉황성 중간의 책문은 조선에서 청나라로 넘어가는 관문 같은 곳이었다. 매년 조선과 청나라 사이의 무역이 이루어지는 곳 중 하나로, 정해진 기간마다 조선과 청나라의 상인들이 모여 거래를 하였다.

노빈손 일행이 도착했을 때, 무역 시장은 이미 심하게 붐비고 있었다.

"야, 우리 동네 리마트 폭탄세일 때보다 더 붐비네!"

"여기선 구하고자 하는 자는 구할 것이요, 구하지 않고자 하는 자는 못 구할 것이다, 라는 말이 있지."

발품이가 짐짓 아는 척을 하며 말했다. 노빈손은 발품이의 말을 잠자코 생각하다 피식 웃고 말았다. 이순신 장군의 말투를 따라하고 있었기 때문이다.

"어이, 발품. 살고자 하는 자는 죽을 것이요, 죽고자 하는 자는 살 것이다. 이 말과 좀 비슷한데?"

"잘 갖다 붙이면 그게 그거지. 상술이란 원래 그런 거야."

쿵!

듣고 있던 임상옥이 발품이의 머리를 쥐어박았다.

"고얀 놈. 내 너를 그렇게 가르쳤더냐!"

발품이는 아무 말도 못 하고 맞은 곳만 문질러 댔다.

"곧 큰 흥정이 있을 터, 바짝 긴장하고 따라라."

노빈손은 발품이의 모습에 웃음이 나왔지만, 분위기가 심상치 않게 느껴져 조용히 눈치만 살폈다.

셋은 숙소를 잡아 짐을 푼 뒤, 인삼 가격을 적어 무역 시장 안 곳곳에 붙였다.

불매운동

소비자들이 특정 목적을 이루기 위해 특정 상품의 구매를 거부하는 운동을 말하며, 보이콧이라고도 한다. 불매운동은 노동조합이 투쟁 행위의 한 방편으로 행하는 것과 소비자들이 소비자운동으로 행하는 것으로 나누어진다. 소비자운동으로서의 불매운동은 미국 등에서 흔히 볼 수 있다. 1973년 로스앤젤레스의 주부 두 사람이 소고기 값 인상에 반대하여 전 미국에 불매를 호소, 마침내 대통령 닉슨이 '소고기 값의 동결 선언'을 하게 된 일도 있다.

임상옥이 많은 양의 인삼을 싣고 왔다는 것을 모르는 이는 없었다. 임상옥은 이미 오래전부터 인삼왕으로 알려져 있었을 뿐만 아니라, 많은 청나라 상인들과 거래를 해 왔기 때문이었다. 하지만 날이 저물도록 인삼을 사겠다고 찾아오는 사람은 없었다.

직접 인삼을 팔기 위해 돌아다녔던 발품이가 숙소로 돌아와서 한 말은 뜻밖이었다.

"대방 어르신, 청나라 상인들이 어르신께서 인삼의 가격을 예전과 똑같이 내리기 전까지는 거래를 하지 않겠답니다. 어르신에게서 인삼을 사지 말자고 상인들끼리 서로 약속까지 했다고 합니다!"

발품이는 울상을 지었다.

"그걸 불매운동이라고 하지. 나도 불량 CD를 사지 말자고 용산상가 앞에서 말숙이랑 시위를 해 본 적이 있거든."

"…무슨 운동?"

노빈손의 말에 발품이는 눈만 껌뻑거렸다.

"판매 조건을 바꾸지 않으면 물건을 사지 않겠다고 선언하는 거야."

노빈손과 발품이의 말을 듣고도 임상옥은 별다른 말을 하지 않았다.

발품이가 들은 소문이 사실이라면 상황은 아주 심각한 것이었다. 무역 시장에서 인삼을 팔지 못하면 큰일이었다. 몇천 근이나 되는 인삼을 조선 땅 안에서 다 팔 수는 없는 노릇이기 때문이다.

이튿날 발품이는 또 다른 소식을 가지고 왔다.

"어르신, 청나라 상인들을 움직이고 있는 자는 예전에 한대박과 붙어 다녔던 왕찡상입니다. 그자가 저희의 장사를 방해하고 있는 겁니다."

청나라 상인들의 중심에는 교활하고 거만한 왕찡상이 있었다. 왕찡상은 한대박이 인삼 무역권을 얻으면 조선의 인삼을 싸게 구입하여 청나라 안에서 비싸게 팔 생각이었다. 하지만 그 계획이 물거품이 되어 버린 데다가 임상옥이 전보다 비싼 값으로 인삼을 내놓자,

다른 상인들에게 그 인삼을 사지 말자고 주장한 것이다.

"한대박이 없으니까 이젠 그자가 날뛰는구나!"

노빈손은 분해서 방바닥을 쳤다. 그러나 그런 상황에서도 임상옥은 여전히 별 말이 없었다.

시간은 속절없이 흘러, 노빈손 일행이 무역 시장에 온 지 사흘이 지나고 나흘이 지났다. 여전히 아무도 인삼을 사러 오지는 않았다. 왕찡상이 이끄는 청나라 상인들과 임상옥은 서로 버틸 수 있을 때까지 버티는 눈치였다.

"발품이 있느냐!"

무역 시장이 다 끝나가고 조선으로 돌아가야 하는 날이 되자, 임상옥은 발품이를 찾았다. 그날 아침까지도 인삼은 단 한 뿌리도 팔리지 않았다.

"마당 한쪽에 장작을 높이 쌓아 올리거라. 그리고 의주에서 가져온 인삼들을 몽땅 꺼내 놓아라."

"예?"

"못 들었더냐! 냉큼 시키는 대로 하거라!"

발품이는 영문도 모른 채 임상옥이 시키는 대로 했다. 평소답지 않게 화까지 내는 임상옥의 표정이 너무나 무서웠기 때문이다. 숙소 마당엔 마른 장작과 인삼 상자가 산처럼 높이 쌓였다.

임상옥은 가만히 그것을 바라보고 있었다. 무언가 중요한 결심을 하려는 것처럼 보였다.

"대체 뭘 하려고 저러시지?"

노빈손은 임상옥의 심중을 짐작할 수가 없었다.

"아무래도 인삼을 태우시려는 것 같아. 어젯밤에 잠도 안 주무시고는 혼자 중얼중얼하시더라니까. 이번이 아니면 기회가 없다, 그들이 죽거나 내가 죽는 거다. 이렇게 말이야……."

발품이는 거의 쓰러질 것처럼 초조해하고 있었다.

상업적 농업

조선 후기에는 판매를 위해 농사를 짓는 상업적 농업이 활발하게 이루어졌다. 농민들은 먹기 위해서가 아닌 시장에 내다 팔기 위해 농산물을 재배했다. 상업적 농업이 가장 발달한 것은 목화, 담배, 인삼, 채소 등의 상품 작물이었다. 이러한 상품성 농작물은 농업 기술의 발전을 가져왔고, 면화 등 수공업 원료를 더 많이 생산함으로써 수공업이 발달하는 계기가 되었다.

청나라 상인들과의 한판 승부

임상옥이 인삼을 태우려 한다는 소문이 나자 그동안 코빼기도 비치지 않았던 청나라 상인들이 몰려들었다. 무리의 맨 앞엔 왕찡상이 서 있었다. 하지만 걱정이 되어서라기보다는 구경을 하기 위한 방문일 뿐이었다.

"무슨 짓이냐해~. 값 내리고 인삼이나 넘기라해~."

왕찡상은 오만한 표정으로 임상옥을 내려다보며 야유했다. 다른 이들도 마당에 높이 쌓인 장작을 보면서 비웃음만 흘릴 뿐이었다.

설마하니 그 귀한 인삼을 태우겠느냐는 심사였다.

임상옥은 종이에 불을 붙여 장작더미 위로 던졌다. 순식간에 장작에 불이 붙기 시작했다.

"정말 인삼을 모두 태울 생각이세요? 그러실 거면 제 것 몇 개만 따로 좀 빼놓으면 안 될까요?"

"저 인삼들과 함께 죽을 각오로 여기 왔다."

노빈손이 농담을 섞어 가며 물었지만, 대답하는 임상옥의 눈빛은 진지했다.

**국내 상업에서
국제무역까지**

조선 후기의 상인들은 국내 상업에 그치지 않고 국제무역에도 적극적이었다. 특히 의주의 만상은 의주의 중강(중강후시)이나 봉황시의 책문(책문후시)에서 청과 무역을 하였고, 동래의 내상은 일본과 무역을 하고 있었다. 개성의 송상은 만상과 내상을 끼고 인삼과 은을 매개로 청과 일본 사이의 중개무역을 하기도 했다. 이리하여 국제무역을 통해 거부로 성장하는 상인들이 많았으며, 그중에는 중인 계층인 역관(통역사)들도 있었다.

노빈손의 손바닥이 땀으로 범벅이 되어 갔다. 모험이라면 자신도 어디 가서 기죽진 않을 정도였지만, 지금 임상옥의 모험은 너무 무모해 보였기 때문이다.

"대방님, 다시 한 번 생각해 보세요. 인삼을 몸보다 소중하게 여기시면서, 그걸 태워 없앤다니요!"

"모두 저리 비켜 있거라."

임상옥의 목소리엔 전혀 흔들림이 없었다.

모여든 사람들은 임상옥이 좀 이상해졌다며 수군거렸지만, 노빈손은 임상옥의 마음을 어렴풋이 이해할 수 있었다. 임상옥의 이익만이 아니라 조선 상인들의 자존심이 걸린 문제인 만큼 물러설 수 없는 상황이었던 것이다.

장작더미는 기세 좋게 타올랐다. 점점 마당 한가운데 커다란 불길이 치솟았다.

왕찡상은 불길을 보면서도 느긋하게 하품을 하며 옆에 있는 상인들과 시시덕거렸다.

노빈손은 왕찡상의 행동이 눈에 거슬렸지만, 임상옥은 그쪽을 쳐다보지도 않은 채 인삼이 든 상자 하나를 열어 불 속에 던져 넣었다.

'허걱! 설마 했는데 저 귀한 걸 진짜 태우시네!'

노빈손은 너무 놀라 아무 말도 하지 못했다. 아, 하고 소리 지를 틈도 없이 순식간에 일어난 일이었다. 그저 잠깐 쇼를 하는 것이겠거니 했던 청나라 상인들도 순간 얼굴이 하얗게 질렸다.

"흥! 그래도 소용없다해~."

왕찡상도 움찔했지만, 곧 아무렇지 않은 척 팔짱을 끼고 말했다.

임상옥은 또다시 인삼 한 상자를 집어 들어 장작더미 위로 던졌다. 비싼 인삼들이 금세 재로 변해 버렸다.

다른 좋은 방법이 없을까 머리를 쥐어짜던 노빈손이 발품이에게 외쳤다.

"맞다! 도라지! 발품아, 생긴 게 비슷하니까 우리가 남은 인삼을 도라지랑 바꿔치기 하면 되지 않을까?"

"그렇게 하면 청나라 상인들이 금세 알아챌 거야. 인삼에는 배당체라는 게 들어 있어서 태우면 독특한 냄새가 나거든."

아아, 그럼 어쩌지?

발품이의 얘기를 들은 노빈손은 힘이 쭉 빠졌다. 하긴 수십 년간 인삼을 다루었을 청나라 상인들이 그런 것에 속을 리는 없었다.

노빈손이 고민하는 사이, 인삼 상자는 하나둘 계속해서 불에 타 없어졌다. 청나라 상인들은 그 모습을 바라보며 안절부절못했다.

"미, 미쳤나해~? 인삼! 내 인삼!"

왕찡상도 그전의 태도와 달리 인삼이 사라질 때마다 목소리를 높였다. 다들 욕을 하고, 소리를 지르며 웅성거렸다.

"아이고, 저 아까운 걸 어째!"

발품이는 까맣게 타들어가는 인삼을 보면

역관의 역할

역관은 국제 무역상이자 조선 경제의 중요한 축이었다. 조선 후기에는 외국과의 중개무역을 통하여 큰 이익을 보았는데, 이때 핵심적인 역할을 수행한 사람들이 역관이었다. 역관은 나라 안팎의 정세를 빨리 파악해 일본의 구리·은, 중국의 비단, 조선의 인삼 등의 가치와 흐름을 잘 이용했다. 이러한 활발한 무역 활동으로 인해 역관은 개인적으로 큰 부를 얻은 것뿐 아니라 조선 경제 전체에도 긍정적인 영향을 끼쳤다.

서 제 속이 타들어가는 것 같은지 발을 동동 구르고 있었다. 노빈
손도 답답하기는 마찬가지였다.

"꾸에에엑… 꿰엑."

마당 안도 소란스러웠지만, 밖에서도 무슨 일이 일어났는지, 시
장 어딘가에서 돼지들이 시끄럽게 울어 댔다. 그 순간, 노빈손에게
퍼뜩 든 생각이 있었다.

"그래! 그거야! 어차피 저렇게 버릴 바에야!"

"빈손아, 어디 가?"

발품이의 물음에 대답할 틈도 없이 노빈손은 숙소 밖으로 마구
달려 나갔다.

얼마 후 돌아온 노빈손의 손에는 돼지를 묶은 줄이 들려 있었다.
토실토실한 집돼지였다.

"대방님! 어차피 버릴 인삼, 차라리 돼지한테 줘 버리세요! 불에
태우니까 연기가 영 지독해서……."

"뭣이……?"

임상옥이 뭐라 더 말하기도 전에 노빈손은 자기가 나서서 인삼을
집어 돼지 코앞에 던졌다. 무엇이든 가리지 않고 먹어 치우는 돼지
의 입속으로 인삼 몇 뿌리가 금세 꿀꺽꿀꺽 사라졌다.

"제자도 같이 미쳤나 보구먼. 사람도 비싸서 못 먹는 걸 돼지한테
던져 주다니!"

돼지에게 인삼을 던져 주는 노빈손을 보고, 청나라 상인들은 다
시 한 번 충격에 휩싸였다. 그들은 도저히 안 되겠다는 생각이 들었

는지 자기들끼리 모여 무언가를 의논하는 듯 쑥덕거렸다.

"안 된다해~! 안 된다해~!"

왕쩡상이 거대한 몸을 흔들어 대며 다른 청나라 상인들을 말렸지만, 인삼이 불에 타는 걸 보고 이미 마음이 흔들린 그들이었다. 노빈손의 행동이 그들로부터 항복을 외치게끔 쐐기를 박은 것이다. 의논을 마쳤는지, 나이가 지긋해 보이는 한 청나라 상인이 임상옥에게 다가갔다.

"임 대인, 멈추시오! 우리가 다 살 테니 제발 그 귀한 인삼을 버리는 짓은 그만두시오!"

하지만 임상옥은 멈추지 않고 노빈손이 하던 대로 인삼 한 상자를 돼지 앞으로 던졌다. 청나라 상인들은 이제 앞뒤 가릴 것도 없이 달려 나와 임상옥의 팔다리를 붙잡으며 말리기 시작했다. 그들이 거의 빌 정도로 애원한 후에야 임상옥은 그 행동을 멈추었다.

"남은 인삼은 물론이고, 이미 버린 인삼 값까지 전부 계산해 주겠소. 그러니 이제 노여움을 푸시오."

조선 인삼은 청의 인삼과는 비교가 안 될 정도로 그 품질과 효능이 뛰어났다. 약을 만드는 기술이 아무리 뛰어나다 해도 조선 인삼이 없는 청나라 약재는 말짱 헛것이었다. 그만큼 조선 인삼은 청나라 상인들에게 중요한

굿이나 보고 떡이나 먹자?

옛날부터 굿판엔 볼거리가 많아 구경꾼이 많이 몰려들었다. 무당은 하늘과 인간을 잇는 존재로 인식되었기 때문에, 보는 사람은 굿판에 일절 참견하지 않는 것이 불문율이었다. 그저 조용히 보고 있다가 굿이 끝나고 돌아오는 떡이나 받아먹으라는 뜻으로, 괜한 참견 말고 나한테 돌아오는 이익을 챙기면 그만이라는 얘기.

186

것이었다. 임상옥이 아니면 대량으로 조선 인삼을 구입할 통로가 없
는 청나라 상인들이 결국 두 손을 든 것이다.

　"당신 때문에 벌어진 일이니, 버린 인삼 값은 당신이 다 대시오!"

　청나라 상인들 중 누군가 왕찡상을 쏘아보며 말했다. 그러자 다
들 그렇게 해야 한다고 외쳐 댔다. 왕찡상은 땅바닥에 주저앉아 망

연자실해 있었다.

"완전 나 쪽박 찼다해. 망했다해……."

"휴, 대방님이 인삼을 태우실 땐, 장사 다 망했구나, 그랬다니까요."

청나라 상인들이 돌아가자 노빈손이 가슴을 쓸어내리며 말했다.

"고얀, 내가 아무 생각 없이 그런 짓을 했겠느냐?"

"헤헤, 아무튼 통쾌한 승부였어요! 이제 청나라 상인들이 조선 상인들을 우습게 못 보겠죠? 가격도 자기들 마음대로 이래라저래라 하지 못할 거고요."

"그럴 것이라 믿어야지."

기능성 식품의 인기

현대 사회에서는 자연 그대로의 식품을 섭취하는 데서 발전해 1차 식품에 다른 식품의 영양소를 첨가한 기능성 식품이 개발되고 있다. '사과 먹인 소', '인삼 먹인 딸기', '녹차 먹인 돼지' 등이 그 대표적인 사례이다. 육류의 경우 녹차, 사과, 인삼 등을 첨가하면 육질이 부드러워지고 누린내가 없어진다. 이렇게 아이디어가 접목된 기능성 식품은 일반 제품에 비해 값이 최고 두 배 정도 비싼데도 불티나게 팔리고 있다.

노빈손의 말에 흐뭇한 얼굴로 고개를 끄덕이던 임상옥은 아까부터 궁금했던 것을 물었다.

"그런데 빈손이 너는 왜 인삼을 돼지에게 먹인 것이냐? 불에 태워 버리는 것이나 돼지에게 주는 것이나 매한가지인데 말이다."

발품이도 그게 궁금하다는 듯 노빈손을 쳐다보며 대답을 기다렸다.

"아이참, 불에 태우면 그 인삼을 아예 못 쓰게 되는 거잖아요. 하지만 '인삼 먹인 돼지'는 귀한 걸 먹인 좋은 고기가 되니까 비싸게 팔 수 있거든요. 미래에는 마늘 먹인 돼지도 나와요. 마늘 먹인 돼지고기는 스태미나에도 좋다나 뭐라나."

"그 짧은 시간에 용케도 그런 새로운 생각을 했구나. 정말 장사를 할 줄 아는 녀석이야! 허허허헛."

임상옥이 호탕하게 웃었다. 노빈손과 발품이도 임상옥을 따라 웃었다.

인삼 먹은 돼지가 눈을 동그랗게 뜬 채, 신나게 웃어 대는 세 사람을 쳐다보고 있었다.

 ## '다있소' 국경 휴게소

"그래, 결정을 했느냐?"

일주일 만에 노빈손을 부른 임상옥이 호기심 어린 눈으로 물었다.

"이것저것 생각이 나긴 했는데, 다 해 보고 싶어서 말이죠."

"욕심만 많기는……. 그래, 결국 어떤 장사를 하기로 결정했느냐?"

임상옥은 대답을 재촉했다. 또 어떤 기발한 생각을 했는지 궁금해하는 눈치였다.

"히야! 폼 난다!"

노빈손은 가게 앞에 방을 붙이다 말고 감탄을 내뱉었다. 간판을 올려다보니 절로 뿌듯한 기분이 들었다.

활짝 열린 대문 위에 걸린 간판에는 '다있소 국경휴게소' 라고 적

주막과 기념품 가게, 마사지숍이 한자리에!
신개념 '다있소 국경휴게소!'

먹고, 구경하고, 아픈 다리 마사지도 받고,
숙박까지 해결됩니다!

'다있소 국경휴게소'만의 특징

1. 청과 일본의 특산품과 기념품이 잔뜩 있습니다.
2. 처음 방문하신 분께는 발마사지 할인권을 드립니다.
3. 회원 가입을 하시면 더 많은 혜택이 있습니다.

'다있소 국경휴게소' 회원 혜택

1. 심야에 오시면 뭐든지 반값으로 할인해 드립니다.
2. 먼 길을 떠나시는 분들에겐 '짚신' 한 벌을 사은품으로 증정합니다.
3. 주문하신 상품을 신속하고 정확하게 집까지 배달해 드립니다.

혀 있었다. 글씨는 김정희에게 부탁한 것이었다. 명필의 솜씨가 유
감없이 발휘된 멋진 서체였다.

조선과 청나라의 국경에 위치해 양국 상인들로 북적거리는 압록
강변. 옹기종기 모여 있는 주막과 여각들 사이에 들어선 노빈손의
국경휴게소는 금세 유명해졌다.

노빈손은 물론이고, 부지런히 돌아다니며 가게 일을 하는 우영이
도 눈코 뜰 새가 없었다. 발품이는 까막눈인 장사꾼들 대신 회원가
입 신청서를 써 주었다.

가게는 점점 손님들로 북적였다. 처음엔 낯설어하던 사람들도 의
주에 오면 '다있소 국경휴게소'를 찾았다. 한 가게 안에서 숙식을
해결하고, 마사지를 받으며, 조선과 청나라의 기념품까지 살 수 있
으니 너무나 편리했던 것이다.

회원 가입 신청서

회원번호 : 476
이름 : 김개똥
나이 : 32세
직업 : 장돌뱅이
주소 : 평안도 의주 범바윗골 세 번째 초가집

노빈손은 어리둥절했다. 영화 감상에 쇼핑, 식사까지 다 할 수 있는 현대의 멀티숍에서 힌트를 얻은 가게가 이렇게 잘될 줄은 몰랐던 것이다. 회원 카드와 할인 쿠폰을 만든 것도 대성공이었다.

"이제 다른 곳에도 우리 휴게소를 세워야겠어. 국경 지대는 여기저기 많잖아."

"그걸 다 어떻게 관리하려고?"

"우리는 믿을 만한 사람을 골라서 가게 모양새랑 팔 물건들만 정해 주면 돼. 대신 그곳에 세운 가게 수입의 일부를 받는 거지. 프랜차이즈라고, 아무튼 그런 게 있어."

"빈손아, 너 정말 천재……."

발품이는 감탄스럽다는 표정으로 노빈손을 쳐다보았다.

"나도 알고 있어. 천재 아니냐고 묻고 싶은 거지?"

노빈손은 팔짱을 낀 채 거만한 표정을 지었다.

"…같기도 하고, 때론 바보 같기도 하고……. 알 수가 없는 녀석이구나."

으잉?

발품이의 말에 노빈손은 휘청했다. 그냥 천재라고 해 줄 것이지, 인색하긴.

다음 날부터 발품이는 다른 지역에서 '다 있소 국경휴게소'를 열겠다는 사람들을 만나

음식에도 궁합이 있다

음식 궁합이란, 두 가지 이상의 음식을 함께 먹었을 때 맛과 영양이 잘 어울리거나 혹은 어울리지 않는 등의 조화를 말하는 것이다. 예를 들어, 닭고기와 인삼, 미역과 두부 등은 음식 궁합이 매우 잘 맞아 영양이나 맛 등 여러 가지 면에서 더 이롭다. 하지만 실생활에서는 궁합이 맞지 않는 음식들을 함께 먹는 경우가 흔한데, 맥주와 땅콩, 토마토와 설탕 등이 바로 그런 예이다.

다있소 국경휴게소

때깔
중고!

따ㄱ닥

따ㄱ닥

상담을 하느라 바빴다. 일본과 가까운 부산진에 '다있소 국경휴게
소 부산점'이 생겼고, 곧이어 두만강점, 압록강 2호점이 속속들이
들어서기 시작했다.

"빈손이 너도 이제 유명인사가 되었느니라. 거상이 됐어."

가게가 번창하는 것을 아무 말 없이 지켜보기만 하던 임상옥이
흐뭇한 표정으로 말했다.

"이미 알고 있는 사실이지만, 막상 대방님이 그렇게 말씀하시니

까 기분이 새롭네요."

"고얀, 그놈의 설레발은 변하질 않는구나. 그래도 어려운 사람들도 열심히 돕고, 꽤나 속 깊은 녀석이야."

"엇, 그걸 어떻게 아셨어요? 몰래 한 일인데……."

노빈손은 쑥스럽다는 듯 머리를 긁적였다.

"내가 장사치 생활이 몇 년인데 그만한 눈치도 없겠느냐? 기특한 녀석 같으니라고……. 허허!"

임상옥의 너털웃음에 노빈손의 입이 저절로 벌어졌다. 마음 한구석이 뿌듯해지는 느낌이었다.

"그건 다 대방님께 배운 거라고요. 가장 중요한 것도, 나중에 남는 것도 돈이 아닌 사람이라고 하셨잖아요. 그 가르침, 평생 잊지 않을게요!"

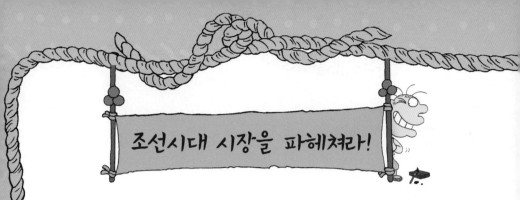

보시는 곳은 사람들로 북적이는 광주(지금의 서울
시 송파구)의 송파장입니다. 장터 한가운데엔 포
목을 파는 상인들이 자리를 잡고 있으며, 그 둘레로 곡물, 생선 노점들
이 보입니다. 상인들은 물건을 깨끗이 잘 정돈해 놓고 손님을 기다립니
다. 물건을 사고 값을 치른 사람들이 미곡은 자루에 담고 생선과 채소
는 새끼줄로 엮은 채 가져갑니다. 조금 떨어진 곳에는 우시장이 있어
소를 거래하는 사람들의 모습도 보입니다. 앗! 그런데 저기! 수상한 사
람 둘이 보입니다.

 노빈손　야호! 시장 구경이다! 대방님, 시장은 어떻게 생겨났어요?

임상옥　녀석! 간만에 건설적인 질문 좀 하는군. 성안 이곳저곳 노
　　　상에 시장이 생겨난 건 조선 초기이니라. 정종 원년에는 한
　　　양에 시전이 설치되었고, 지방에서도 점차 정기적으로 장
　　　이 서기 시작했지.

 노빈손　아하! 5일장 같은 것 말이로군요!

임상옥 그래, 맞다. 성종 임금님 때 극심한 흉년을 극복하기 위해 전라도의 농민들이 저마다 가지고 있던 것을 들고 나와 장을 열었는데 그게 바로 지방 장시의 시작이었던 것이니라.

노빈손 지금처럼 상설시장이 열린 건 얼마 되지 않은 일인가 봐요?

임상옥 각 지역을 연결하는 시장권이 형성되면서 그중에서 특히 규모가 큰 상설시장들이 생겨난 거지. 광주의 송파장, 은진의 강경장, 덕원의 원산장, 창원의 마산장처럼 말이다. 장이 선 곳마다 돌아다니는 보부상들로 인해 물품이나 화폐가 유통될 수 있었느니라.

노빈손 그렇군요.

 뭐, 눈여겨볼 만한 사람들은 아니군요. 어! 그런데 야채 파는 상인이 저 청년에게 시비를 거네요.

 상 인　거기 알타리무같이 생긴 총각! 옥수수 좀 사!

 노빈손　지금 저한테 하신 말씀이세요? 참나, 어이없어~.

 임상옥　으음. 농사가 시원치 않아 굶주리는 사람이 많은데 옥수수 라도 사서 나눠 줄까?

 상 인　아이고, 아주 훌륭하신 어르신이구먼요!

 임상옥　열 관 주시게나.

 상 인　그렇게나 많이요? 그럼 아예 도거리로 하시는 게…….

 임상옥　내 귀한 인삼을 가지고 있으니 원하는 만큼 가져가고 덧두 리하는 게 어떤가?

 상 인　저는 판매만 하려고 하는뎁쇼.

 임상옥　정 그러면 드림셈으로 하세. 구경만 하러 와서 돈이 많지 않 으니 말일세.

 노빈손　도거리? 덧두리? 드림셈? 그게 다 뭐예요?

 임상옥　어쩜, 아는 게 하나도 없구나. 도거리는 어떤 물건을 한 사 람이 전부 사들이는 것을 말하느니라. 내가 이 상인의 옥수 수를 다 사려고 흥정하면 도거리흥정을 하는 게 되는 것이 지. 덧두리는 서로 물건을 교환하고 남은 차액만 지급하는 것이고, 드림셈이란 물건 값을 여러 번에 걸쳐 나누어 주고 받는 것이다.

 노빈손　아하! 드림셈은 말하자면 할부군요!

 임상옥　그나저나 저기 있는 당근이라도 더 얹어 주면 안 되겠는가?

 상　인　에라, 모르겠다! 마수걸이이니 그렇게 해서라도 팔아야지요. 그래도 이렇게 많이 사 주셨으니 오늘 하루 장사는 잘될 것 같습니다요!

 노빈손　알았다! 마수걸이는 첫 거래를 뜻하는 거군요! 이른바 첫 개시!

 임상옥　허허, 제법이로고.

 노빈손　제가 좀 똑똑하잖아요. 하나를 가르치면 열을 알고 열을 가르치면 백을 안다고나 할까요?

 같이 있던 어른이 청년의 말을 무시하고 발길을 돌립니다. 이들이 향하는 쪽 귀퉁이엔 무슨 일인지 사람들이 잔뜩 몰려 있고 간간이 함성이 들려옵니다.

 노빈손　앗! 씨름판이 벌어졌네요?

 임상옥　이제 곧 산대놀음판도 벌어질 거다. 이런 걸 난장판이라고 하느니라. 커다란 시장에 기반을 두고 장사를 하는 돈 많은 상인들이 조금씩 돈을 걷어서 남사당패나 광대들에게 이런 놀이판을 벌이도록 시키는 거지. 장이 섰다는 걸 알리고, 손님들을 끌어모으기 위해서나라.

노빈손 필요한 물건도 사고 주막에서 맛있는 것도 먹고 재미난 공연도 구경하고. 조선시대 시장은 그야말로 복합 문화 공간이네요!

임상옥 씨름이나 산대놀음뿐이 아니니라. 줄다리기, 윷놀이, 줄타기도 한다. 민중연회가 벌어지는 셈이지. 자, 이제 가야겠구나. 오랜만에 신나게 놀았으니.

노빈손 먹을 것도 많고, 놀거리도 있고! 역시 대형마트보다는 재래시장이 재밌다니까!

참고 문헌

『상도』 (최인호, 여백)

『거상 임상옥 상도 경영』 (권명중, 거름)

『조선 최강 상인 1 역발산』 (이용선, 동서문화사)

『인삼 무역왕 임상옥』 (임채봉, 한결)

『중국 상도』 (왕행건, 상상미디어)

『인삼 이야기』 (옥순종, 이가서)

『김정희(난초를 닮은 서화가)』 (안성희, 나무숲)

『조선의 글씨를 천하에 세운 김정희』 (조정육, 아이세움)

『조선 최대 갑부 역관』 (이덕일, 김영사)

『청소년을 위한 한국사』 (백유선, 두리미디어)

『조선사 이야기 3』 (박영규·최상규, 주니어김영사)

『교과서와 함께 읽는 우리 조선사 3』 (남기보, 주니어김영사)

『우리 역사의 7가지 풍경』 (역사문제연구소, 역사비평사)

『개성상인』 (홍해상, 국일미디어)

『조선 후기 대청 무역사 연구』 (이철성, 국학자료원)

『조선 후기 서울 상업 발달사 연구』 (고동환, 지식산업사)

『조선 후기 상업자본의 발달』 (강만길, 고려대학교출판부)

『이야기 조선 야사』 (김형광, 시아출판사)

『부보상을 아십니까』 (이훈섭, 한마음사)

『한국의 보부상』 (이창식, 밀알)

『청소년을 위한 조선 왕조사』 (이병권, 평단문화사)

『전래동화에 숨겨진 재미있는 경제 이야기』 (임채영, 나무그늘)

『일상의 경제학』 (하노 벡, 더난출판)

『경제학 콘서트』 (팀 하포드, 웅진씽크빅)

『경제학 비타민』 (한순구, 한국경제신문사)

『경제 상식 사전』 (김민구, 길벗)

『괴짜 경제학』 (스티븐 레빗·스티븐 더브너, 웅진지식하우스)

『지구 최강 악동 사기꾼 봉이 김선달』 (정완상, 함께읽는책)

『봉이 김선달』 (강용숙, 꿈소담이)

www.nobinson.com
에 놀러 오시면 즐거운
일이 생깁니다.

진짜?

풍속화로 알아보는 조선시대 생활상

풍속화란 조선시대 사람들의 평범한 일상을 그린 그림을 말해.

"에이, 옛날 그림은 어렵고 재미없어"라고 생각한다면 그건 정말 오해야.

풍속화가 얼마나 웃기고 재미있는데!

조금만 자세히 들여다보면, 그림 속에 담긴 사람들의 익살스런 표정과

실감 나는 상황 묘사에 흠뻑 빠지게 될 거야.

그림은 '보는' 것이 다가 아니야. 그 속에 숨겨진 이야기를 '읽는' 것이기도 하다고.

오늘은 나 노빈손이 '그림 읽어 주는 남자'가 되어서

조선시대의 풍속 이야기를 들려줄 테니, 잘 들어 봐.

김홍도, 「나룻배」 종이에 담채, 27.0x22.7cm, 국립중앙박물관 소장

강에 나룻배 두 척이 떠 있어. 양반, 상인, 어른, 아이 가릴 것 없이 타고 있네. 하지만 잘 보면, 갓 쓴 양반들은 모두 앞쪽에 타고 있다는 걸 알 수 있어. 앞쪽이 좋은 자리인 걸까?

소나 사람들이 짐을 잔뜩 지고 있는 걸 보니 장터로 가는 길인가 봐. 다들 무표정한 것이 꼭 지하 철에 줄지어 앉은 사람들 같지 않아? 뭔가를 타고 이동하면서 한없이 기다려야 할 때는 예나 지금 이나 똑같은 표정을 짓는 모양이야.

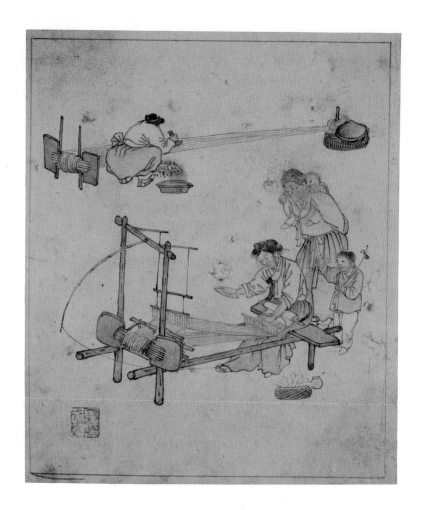

김홍도, 「길쌈」 종이에 담채, 27.0x22.7cm, 국립중앙박물관 소장

아래쪽 여인이 앉아 있는 기구가 옷감을 짜는 베틀이야. 오른손에 든 게 북, 왼손에 쥔 게 바디, 오른발에 신고 있는 건 베틀신이야. 오른발을 당기면 베틀신에 달린 줄이 팽팽해지면서 아래위의 실 간격이 벌어지거든. 그 사이로 북을 집어넣으면 북에 연결된 씨실과 베틀의 날실이 교차되고, 그걸 바디로 당기면 촘촘하게 죄어지면서 옷감이 완성돼. 뒤에 서 있는 사람은 길쌈하는 법을 전수해 주던 시어머니란다. 엄마가 일하는 동안 할머니가 아이들을 돌봐 주는 건 요즘과 비슷한 듯해. 위의 여인은 '베매기'라고, 실에 풀을 먹이고 있어. 이래야 실이 빳빳해지고 튼튼해진대. 풀이 빨리 마르라고 실 아래에 숯불을 피워 놓은 게 보이지?

김홍도, 「행상」 종이에 담채, 27.0x22.7cm, 국립중앙박물관 소장

행상은 여러 물건을 지고서 마을을 돌아다니며 파는 일 혹은 그런 일을 하는 떠돌이 장사꾼을 말해. 이 그림 속의 행상은 아무래도 맞벌이 부부 같은데, 각자 장사하러 떠나기 전 헤어지는 모습인가 봐. 벙거지를 쓴 남편이 짊어진 나무통 속에는 뭐가 들어 있을까? 광주리를 머리에 올린 아내는 저고리 안에 아기를 업고 있네? 이 시대에 어린이집이 있을 리도 없고, 그래서 함께 데리고 다닌 듯해.

김홍도, 「대장간」 종이에 담채, 27.0x22.7cm, 국립중앙박물관 소장

대장간이 뭐하는 곳이냐고? 호미, 낫, 쇠스랑처럼 쇠로 된 온갖 도구를 만드는 가게야.
그림 속 일하는 사람들의 역할은 세 가지로 나뉘어 있어. 중앙에, 달귀진 쇠를 집게로 잡고 있는
사람이 보이지? 그 사람이 바로 대장이야. 대장은 쇠를 달구는 불림, 망치로 두드리는 벼림질, 찬
물에 식히는 담금질까지 대장간의 모든 작업을 감독해. 커다란 망치로 달군 쇠를 내리치는 사람
들은 메질꾼이라고 해. 화로 옆에 줄을 잡고 서 있는 사람은 풀무꾼인데, 발로 풀무를 밟으며 열
심히 바람을 일으키고 있는 중이지. 그래야 화로가 더 활활 타오를 수 있거든.

김홍도, 「자리짜기」 종이에 담채, 27.0x22.7cm, 국립중앙박물관 소장

그림 속 어머니는 물레를 돌리면서 솜에서 실을 뽑아내고, 아버지는 자리틀로 돗자리를 짜고 있어. 자리틀이란 볏짚으로 돗자리를 짜는 기계지. 아이는 뒤에서 열심히 글공부를 하고 있네. 나뭇가지로 글자를 짚으며 공부하는 것이, 꼭 우리가 밑줄 치면서 외우는 행동 같아.

잘 보면 아버지가 사방건을 머리에 쓰고 있어. 사방건은 양반들이나 쓸 수 있는 모자인데…, 이 가족은 원래 양반 집안인 듯해. 그런데 형편이 가난해서 부부는 일을 하고, 자식에겐 출셋길을 위해 공부를 시키고 있는 게 아닐까? 자식이 잘되길 바라는 부모 마음은 예나 지금이나 별로 다를게 없는 것 같지?

김홍도, 「주막」 종이에 담채, 27.0x22.7cm, 국립중앙박물관 소장

주막은 나 노빈손이 조선시대에 와서 자주 들렀던 곳이기도 해. 그림 왼쪽에 있는 사람이 주막에서 술을 파는 주모야. 항아리에서 술을 뜨는 것이 보이지? 주모는 바쁠 텐데도, 옆에서 보채는 아이에게 잔잔히 웃어 주고 있어.

두 손님 중 담뱃대를 문 사람은 밥을 다 먹었나 봐. 쌈지에서 돈을 꺼내려고 뒤적거리는데? 저고리 밑의 배가 볼록 나와 있는 게 보이지? 많이도 먹었나 보다. 그 옆의 모자 쓴 손님도, 밥그릇을 기울이고 숟가락으로 뜨는 걸 보니 거의 끝나 가는 모양인걸. 그런데 밥그릇 진짜 크다. 조선시대에는 밥그릇이 큼직큼직했다더니 정말인가 봐.

　여기 실린 풍속화들은 모두 김홍도의 화집 『단원풍속도첩』에 있는 그림들이야. 원래 풍속화는 왕실이나 사대부들이 백성을 가르치기 위해 만든 그림들이었는데, 18세기 후반에 들어서면서 김홍도가 자유롭고 익살스런 서민들의 모습을 그려 낸 거지.

　우리나라 보물 제527호이기도 한 『단원풍속도첩』은 모두 25점으로 구성되어 있는데, 당시 서민들의 소박한 일상을 솔직하게 담은 풍속화로서 높이 평가받고 있단다.